Alice au pays
des trop vieilles

CRISTINA ALONSO

Alice au pays des trop vieilles

Journal de ma quarantaine fracassante

LA NOTE QUE JE DONNE
À MA VIE ? 15 SUR 20

Moi c'est Alice. Quand j'étais petite, je voulais être chanteuse comme Sylvie Vartan.

Devant la glace, je faisais frémir mes narines comme elle, copiais son regard par en dessous et surtout m'entraînais à saluer, le corps plié en deux, les cheveux dans la poussière du grenier.

Je tenais aussi son journal. Photos légendées, bio, concerts. Quand de temps en temps je le montrais à ma mère, elle me disait : « Plutôt que d'être chanteuse, tu devrais devenir journaliste »…

Ce que j'ai fait.

En vingt ans, j'ai changé deux fois de journal, puis en ai créé un. Ai rencontré François, ai fait deux enfants avec lui, Camille, 16 ans, et Ethan, 13. Aujourd'hui, nous vivons tous les quatre dans une jolie maison à Colombes avec Félix, notre chat miteux, et Socrate, le poisson rouge de Camille. Nous avons une bande d'amis, les mêmes depuis toujours.

Si je devais donner une note à ma vie, de 1 à 20, là, comme ça, je dirais 15. Oui, pour avoir 18, il faudrait que mes enfants soient des flèches à l'école, que François joue un peu moins au golf, que la maison ait une pièce de plus, et que moi... au fait oui, il faudrait que moi, quoi ?

Oui, évidemment, que j'écrive un livre. Ça aussi j'en rêve depuis que je suis journaliste.

Un livre sur mon enfance, passage difficile.

Ou sur mon adolescence, étape difficile.

Ou sur ma dépression, moment difficile.

Ou sur mes dix années de psychanalyse, tunnel difficile.

Ou sur mes relations avec ma mère, continuellement difficiles.

Ou sur celles avec mon père, épisodiques et donc difficiles...

J'aurais aimé avoir un troisième enfant, aussi. Mais ça, c'est un peu tard, je le crains.

15 sur 20 ? C'est quand même pas mal. Vu ce qui m'attend...

UN PETIT DERNIER
POUR LA ROUTE

Pour l'instant, ma vie suit un cours plutôt normal, si toutefois croiser son mari et ses enfants entre 21 h 45 et 22 heures fait partie du cours normal des choses... Disons que ma vie est calme. Comme avant une tempête ?

28 août, 21 h 30. Quitte le bureau. Trop tard comme toujours. Suis fatiguée. Prendrais bien une année sabbatique. Ferais bien un bébé.

21 h 45. Enfin à la maison. Mon cocon, ma petite famille, mon chat. Le bonheur... ?

Liste des choses à faire :

— Penser à arrêter la pilule... et vérifier que Camille la prend bien.

— Annoncer à François que je suis enceinte, juste pour voir la tête qu'il fait.

Je suis rentrée. François n'était pas seul. Thierry Roland et Jean-Michel Larqué s'égosillaient avec lui pour encourager l'OM.

Lui, sans se retourner : Bonne journée ?

— Ouais, je crois que je suis enceinte...

Lui, soudain debout les bras en l'air : Buuuuuut !
Marseille a marqué, Ethaaaaan, Marseille a
marqué !

— Tu disais ?

— Rien, je suis enceinte…

François, captivé par mon annonce : On a
mangé ce qu'on a pu, y avait plus rien dans le
frigo.

Monte au premier pour découvrir Ethan armé
jusqu'aux dents. MSN ? Daylymotion ? YouTube ?
Je ne sais jamais. Le téléphone fixe et le portable
sous la main, son casque autour du cou. Il paraît
que c'est à 13 ans que le virus technologique
attaque.

Assis dans le noir, ses affaires de foot jetées au
milieu de mon bureau, ce mutant de 1,77 mètre
ne ressemble plus à rien. Acné pas franchement
déclarée, cheveux sales « parce que comme ça, ils
tiennent mieux en l'air, maman », nez en pleine
croissance lui aussi, deux poils sous le menton,
Ethan se laisse embrasser puis s'essuie la joue.

— Mamoune, il faudrait que tu m'épiles là (il
me montre le milieu de ses sourcils), c'est
moche, mon entraîneur de foot m'a dit que bientôt je ressemblerai à Emmanuel Chain, je ne sais
même pas qui c'est…

— Il est sympa, ton entraîneur… Ne l'écoute
pas, tu es très beau.

Camille, extraterrestre blonde aux yeux verts,
16 ans, est comme toujours perchée au
deuxième dans sa chambre. Elle sait que je vais
monter quémander un bisou et crie :

— Plus le droit de monter dans ma chambre,
mamounette. C'est mon espace privé…

Je lui parle donc les mains en porte-voix :

— Dis donc, la pilule, t'en es où ?

— Ah là là, ça te regarde pas !

— Et les préservatifs, t'y penses ?

Elle finit par descendre, tend une joue que j'embrasse et remonte aussitôt.

— Tu sais qu'il faut faire vraiment attention…

— Qu'est-ce qui te prend mamounette ? J'en suis pas encore là… Et quand j'y serai, je t'embêterai pas, ils nous bassinent avec ça depuis la primaire… Je sais ce qu'il faut faire.

— Si, je t'en prie, embête-moi avec ça, je veux tout savoir.

Je me laisse tomber au milieu du palier. Mon nid douillet… Une chambre d'hôtes. Même le chat, que j'ai pourtant sauvé de l'abandon, use de cette maison comme d'un hôtel.

Je redescends, Félix, qui se prend pour un chien, sur les talons.

C'est la mi-temps. François me lance comme si sa vie et la mienne en dépendaient :

— Marseille mène 2 à 1.

— Génial… Eh bien moi, j'aimerais faire un bébé…

Ça y est, il a tilté :

— Encore ? Alice, tu nous imagines avec un troisième enfant ? Tu as vu l'âge qu'on a ? Non, on est trop vieux…

— Pas pour jouer à la Wii…

— Tu vois, en plus je suis immature… Allez, arrête…

— Moi, je me sens prête, et puis après ce sera trop tard…

— Alice, tu es une vraie gosse, c'est déjà trop tard. Tu te vois à 60 ans avec un enfant de 14 ans… Sérieusement… Le match va reprendre. Viens le regarder avec moi, s'il te plaît, on se voit jamais…

Oui, pour François, regarder un match ensemble, c'est se voir, les yeux rivés sur l'écran plat immense qu'il vient de « m'offrir ».

Je sors alors ma botte secrète :

— Tu vois, avec un petit tu pourrais regarder le rugby, le ski, le foot, jouer à la Wii, pendant les dix prochaines années… Parce que moi le sport, j'en ai un peu ma claque. Camille aussi. Même Ethan préfère aller sur MSN maintenant…

No answer. Le bide. Ne peux rien contre Thierry Roland, Jean-Michel Larqué et tous ces petits spermatozoïdes qui courent dans tous les sens en espérant entrer dans les buts.

— Bon, je t'attends là-haut… Après le match, on fait un bébé.

RÉCAPITULONS

Alors que vos parents devenaient grands-parents entre 45 et 55 ans, vous êtes de « vieux » parents d'ados grognons qui ne sont pas près de quitter la maison, devenue sans que vous vous en rendiez compte un Bed and Breakfast. La situation vous convient. (Aucune envie de prendre un coup de vieux supplémentaire en les voyant partir.) Mais parfois, elle vous horripile. Ces ados sont des carpes, et lorsqu'ils vous adressent la parole, c'est pour demander à boire, manger, sortir, ou acheter.

Il n'y a pas trente-six solutions :

Acceptez le fait que vous êtes une vieille maman et agissez en conséquence en cessant d'être leur pote. Ils arrêteront alors de vous considérer comme une pote.

Assurez votre rôle ingrat de vieux guide, moralisatrice, éducatrice. Vous êtes là pour les aider à se construire, pas pour vous servir d'eux pour rester jeune.

Faire un petit dernier pour la route. Une folie !... Il y a un temps pour tout. Préparez-vous plutôt à être grand-mère d'ici cinq, dix ans... Oui, je sais, rien que d'y penser, vous avez une poussée d'herpès. Moi aussi. Mais être « une jeune grand-mère » doit avoir son charme...

OU ALORS UN CHIEN...

29 août, 11 heures du matin. Alexandra, pigiste, arrive à la bourre avec dans les bras un chien qui me saute directement dans les bras et me lèche comme si j'étais une glace italienne. Trop vieille pour un enfant... Mais un chien ? Si je prenais un chien ?

Liste des choses à faire :

— Cesser de tanner François avec cette histoire de petit troisième. Veux pas l'admettre mais mon horloge biologique s'affole.

— Demander à François de regarder ses matchs son éteint. N'en peux plus des olas.

— Penser dès ce soir à réinstaurer le dialogue avec les enfants.

— Il est adorable ! Il s'appelle comment ?

— Vivian, me dit Alex, gênée. Je suis désolée mais je ne pouvais pas le laisser à la maison, je dois le faire vacciner tout à l'heure.

— Tu rigoles, il est génial, tu as eu raison ! Et pourquoi Vivian ? Ça fait pas très chien ?

— Chienne. Non, c'était l'année du V, alors...

— Tu préférais pas... Vénus, Vilaine, Virus, Vertu, ça fait plus chien, non ?

— C'est à cause de *Pretty Woman*... Julia Roberts s'appelle Vivian dans le film.

— Haa ! Remarque, moi j'ai bien appelé mon fils Ethan à cause de *The Big Lebowski*...

Froncement de sourcils d'Alex.

— Les frères Coen, Joel et Ethan, ce sont eux qui ont réalisé le film... Puis, m'adressant à Vivian tout en m'essuyant le visage : Tu es très câlin, dis-moi ?

— Vachement affectueux, même, précise Alex.

— C'est quoi la race ?

Elle, très petite annonce sur adoptionanimaldecompagnie.com : Un jack russel, affectueux, tendre, sympa, vivant, jamais agressif.

Moi, soudain rêveuse : Comme un enfant...

— Oui, c'est un peu ça, un vrai pot de colle !

— C'est le chien de La voix de son maître, euh Pathé Marconi, non ?

Elle, bluffée : Bravo !

Moi, reposant Vivian sur le sol : Bon, Vivian, désolée, mais il faut que je bosse.

En fait de travailler, je me cloître dans mon bureau, vais directement sur Google et tape « jack russel »...

C'est ça la solution...

Un petit jack russel.

Il a tout bon ce chien. Remuant, bruyant, salissant, comme un nourrisson.

Ne grandit pas, ne parle pas, obéit mieux, est fidèle pour la vie...

N'a pas besoin de iPod, de mobile, d'ordi ou de vêtements. Seul inconvénient, les frais médicaux ne sont pas remboursés par la Sécurité sociale.

Ah oui et puis, le jack russel est un chasseur… Félix va devoir se tenir à carreau.

Mets une sublime photo d'un bébé jack russel en fond d'écran de mon Mac.

Ce soir, démarre l'opération Je veux un jack russel.

Dans le salon pendant le dîner, après avoir parlé de Vivian pendant une demi-heure, j'allume mon ordi et leur montre mon futur nouvel ami.

— C'était pas une blague, alors… Tu veux un chien maintenant ? Votre mère est folle, les enfants.

— Regardez, c'est un amour… et puis c'est moins contraignant qu'un bébé…

— Et qui va s'occuper de le sortir, parce que toi Alice, c'est un peu quand ça t'arrange.

— Moi, Ethan, Camille, hein les enfants ?

Camille, définitive : Maman, je suis désolée, mais je trouve ça chiant un chien. Ramasser ses crottes avec un Sopalin et les mettre dans un sachet plastique, non merci.

Ethan, compatissant : Et Félix, il va être super jaloux !

— Mais non, on va leur apprendre à vivre ensemble…

François, pratique : Et pour les vacances, on en fait quoi ?

— On l'emmène !

François, qui me voit venir avec mes gros sabots : Super, tu veux pas aussi qu'on achète une Espace pour trimbaler tout le monde ?

Camille, intraitable : Moi, je suis contre. C'est pire qu'un gosse. Au moins avec un bébé j'aurais pu gagner de l'argent en faisant du baby-sitting, alors que là, rien…

Ethan, désapprobateur : Elle pense qu'au fric, celle-là !

François, fatigué de mes lubies : C'est un truc de vieilles mémés, les chiens…

Moi, vexée comme un pou : Je te remercie. J'ai des copines qui ont des chiens et elles ont mon âge.

— Ouais, justement, vous m'avez l'air de travailler sérieusement du chapeau à votre âge. Alors je vous propose une chose. On va attendre que le cerveau en surchauffe de votre mère revienne à la normale et puis on verra. Avec un peu de chance, elle va se mettre à la couture et ce sera réglé, allez, bonne nuit les enfants…

Dans la chambre : Tu ne me prends jamais au sérieux… Tu parles tout le temps de mon âge, c'est vraiment pas sympa.

— Tu es une vraie gamine… Tu n'en fais qu'à ta tête, tout le temps. Même les enfants sont plus adultes que toi.

J'adore quand il me dit ça.

RÉCAPITULONS

Le concept du chien, métaphore du petit dernier, est un vrai bon compromis. Reste que si vous tenez à imposer ce petit jack russel, le conseil de famille est à éviter. Optez plutôt pour la tordue mais inattaquable méthode du cadeau.

Faire un chien dans le dos de sa famille est finalement moins grave que de faire un enfant dans le dos de son mari.

Prenez garde cependant de ne pas tomber dans le piège de l'animalité aiguë, tentation misanthropique inévitable qui croît avec les années. Ce n'est pas parce que les enfants grandissent, partent, « vous trahissent », ou que les humains vous déçoivent, qu'il faut se venger sur les animaux. Paul Léautaud, Louis-Ferdinand Céline, Colette, Brigitte Bardot, Jacques Dutronc, Alain Delon, etc. ne sont donc pas de bons exemples à suivre, à mon sens.

Ou alors faites comme ma voisine : contentez-vous de nourrir les chats du quartier dans un square raisonnablement éloigné de chez vous.

Évitez également d'acheter, comme une femme que j'ai connue au cours de ma vie professionnelle, quatre levrettes femelles sous prétexte que vos quatre filles âgées de 20 à 35 ans ont toutes quitté la maison. Son mari, effrayé par un tel transfert d'affection, a fui lui aussi. Je ne l'ai pas revue. Peut-être un beau lévrier afghan est-il venu compléter la collection, qui sait ?

CINQ BÉBÉS LA MÊME JOURNÉE !

30 août. François a raison. Je travaille du chapeau. Ces envies de bébé irrépressibles. Cette manie de materner Camille et Ethan… Et maintenant cette lubie pour les jack russel. Heureusement, mon travail me permet de mettre de côté mes états d'âme. Enfin, jusque-là, parce que aujourd'hui…

Liste des choses à faire :

— Maudire Nathalie, Marine, Sophie, Virginie de m'avoir annoncé ce matin à un quart d'heure d'intervalle leur grossesse.

— Penser à faire castrer Félix parti trois jours en vadrouille, avant qu'il n'entreprenne toutes les chattes du quartier.

— Ne pas oublier d'appeler Brigitte (53 ans). « Ils veulent ma peau », m'a-t-elle dit sur son message.

Tout est contre moi. Une épidémie vient de frapper mon équipe. Quatre grossesses d'un coup, dont des jumeaux pour Virginie. Cela fait cinq.

Les ai toutes félicitées chaleureusement. Épuisant vu mon état psychologique actuel. Ensuite, impossible de me concentrer…

— Où est Xavier ? ai-je demandé à la cantonade. Personne ne sait.

Xavier est mon bras droit, le gauche aussi, mais surtout, l'épaule solide sur laquelle je m'appuie depuis deux ans pour mener à bien ce petit journal.

Tout essoufflé, le plus matinal de la troupe arrive vers onze heures.

— Désolée, Alice, Hermione a mis bas. J'ai dû rester avec elle pour l'aider. Le dernier chaton avait du mal à sortir…

Moi, abattue par ce trop-plein d'émotions : Mais tu ne m'avais pas dit que ta chatte était encore enceinte… Au fait, tu étais au courant pour les filles ?

Il fronce les sourcils, ne comprend pas.

— Un problème ?

— Elles sont toutes enceintes…

Lui, très professionnel : Ah oui, c'est incroyable, non, c'est bien qu'elles t'en aient parlé, je leur ai conseillé de le faire pour qu'on puisse se retourner.

— Moi, je suis déjà retournée…

Je me souviens alors d'une situation similaire qui a eu lieu dix-sept ans auparavant. À la rédaction, nous étions trois filles à annoncer au boss que nous étions enceintes. Philippe, le rédacteur en chef, mi-assommé, mi-amusé, m'avait répondu exactement la même chose.

— Combien de chatons ?

— Cinq.

— Décidément...

Me changer les idées.

Ma tête va exploser. Cinq grossesses, cinq naissances dans la même journée, c'est beaucoup pour moi. Et si j'appelais ma mère ? Sa dernière expo, ses sculptures, sa vie de femme sortie du tourbillon, la sérénité, la sagesse...

Non. Pas ma mère.

Dois absolument contacter mon amie Brigitte, c'est une parano de première, qui pense être victime de la chasse aux vieilles ménagères de plus de cinquante ans. Dois la rassurer. C'est un très bon élément, cela m'étonnerait beaucoup que le groupe ait envie de se débarrasser d'elle. Ce serait idiot.

Elle décroche dès la première sonnerie. En larmes. Je fais de mon mieux :

— Non, ce n'est pas possible. Mais c'est grâce à toi que le service tourne si bien... Tu es sûre que tu n'es pas un peu parano ? S'il te propose un autre poste, c'est qu'il veut que tu restes... Un placard ? Ça, c'est dans les films de Cantet que ça arrive ! Mais non, attends de voir ce qu'il te dit... Vraiment, je ne peux pas croire qu'ils te fassent un coup pareil... Je t'embrasse. Tiens-moi au courant.

Et si c'était vrai ?

RÉCAPITULONS

Une chose à la fois. Votre Brigitte est parano, vous le savez toutes. Alors, évitez de crier avec elle avant d'avoir peur pour vous. Attendez de savoir ce qu'il en est exactement.

23

En revanche, toutes ces filles enceintes, c'est le cauchemar. Vous voilà replongée seize, vingt, vingt-cinq ans en arrière. Nausées. Gros appétit. Sensation d'avoir un poisson rouge dans le ventre qui zigzague comme dans un bocal. Pieds dans les côtes. Tête qui pousse, là, en bas, parce que neuf mois là-dedans, ça suffit… Sur le coup c'était étrange. Aujourd'hui ce sont des souvenirs inoubliables.

Évitez la nostalgie. Vous êtes sortie des dopplers, des prises de sang, des échographies sans encombre. Vos petits bouts de chou si mignons qui faisaient bronchiolite sur varicelle, sur rubéole, sur angine sont maintenant solides, mesurent entre 1,65 mètre et 1,95 mètre, sont des mutants qui ont besoin de vous pour grandir. Concentrez-vous sur leurs existences.

Créez. Peinture, sculpture, dessin, écriture, tricot, quelle que soit votre envie ou passion cachée, cessez de vous dire que c'est ridicule. Mettez-la en pratique et songez que chaque dessin, peinture, sculpture, pull col V que vous commencez, et terminez, est une naissance.

J'allais oublier. Ai consulté un dictionnaire français/espagnol et j'ai lu en face du très avenant « retraite » (comme battre en retraite) son équivalent en castillan, *jubilación*… Révélateur d'un état d'esprit, non ?

CIEL, UNE ENNEMIE !

31 août. C'est le week-end. Encore un été avarié qui s'achève. Mais ce soir, ciel sans taches. Organise un dîner avec « ma bande » dans le jardin. Pourquoi la soirée a-t-elle dérapé ? Ah oui, Pablo, mon meilleur ami…

Liste des choses à faire :

— Demander à Pablo de quitter immédiatement Ambra pour le bien du groupe.

— Ne pas oublier de rappeler à François comme nous sommes heureux.

— Faire comme si les vingt ans qui nous séparent d'Ambra n'avaient aucune importance.

À 54 ans et deux mariages, Pablo vient de quitter la mère de ses enfants. « Un besoin, une urgence, m'a-t-il expliqué au téléphone. – Comme une envie de faire pipi ? » lui ai-je répondu aussi sec. Pas pu me retenir moi non plus. Sa première femme avait son âge, la seconde, dix ans de moins…

D'ici à ce qu'il débarque avec « une urgence » de 30 ans…

Dans le mille. Nous étions déjà une dizaine, toujours les mêmes vieux inséparables depuis vingt ans, allongés sur des plaids dans l'herbe. Quand le matamore a surgi de la glycine. Beau, buriné, tignasse inchangée depuis trente ans, deux bouteilles de champ à la main et, derrière lui, son besoin pressant. Une longue dame brune... Ambra. La trentaine, italienne...

Les garçons, tous à cinq doigts de la cinquantaine fatidique, ont bondi comme un seul homme pour les accueillir. De la chair fraîche, enfin, semblaient-ils dire en la saluant avec chaleur. Garance, ma meilleure amie que j'avais briefée, s'est jetée sur lui pour l'embrasser.

— Mais où sont Claire et les enfants ?

Pablo ne s'est pas démonté.

— Ils sont encore en Corse, ils rentrent dimanche...

Nous adorons tous Claire. Et si Garance, Delphine, Sonia et moi avons été polies sans plus avec la nouvelle, les hormones de François, Paul, Laurent et Victor n'ont, en revanche, fait qu'un tour.

Cela faisait longtemps qu'ils n'avaient déployé un tel arsenal d'humour et d'intelligence.

Fatiguant.

Une fois les intrus partis – ils avaient une fête chez des amis d'Ambra à laquelle François et Victor seraient bien allés si on ne leur avait pas rappelé que le lendemain il y avait virée chez Ikea –, mes copines me sont tombées dessus :

— T'aurais pu me prévenir qu'il venait avec sa nouvelle, je me serais un peu arrangée, m'a accusée Delphine

— Pas cool Alice, Laurent n'a pas arrêté de la mater, m'a reproché Sonia.

— On dirait sa fille ! s'est étranglée Garance.

— Impossible de la regarder sans surveiller Paul, m'a chargée Delphine.

— Nos mecs en rut, la honte, pas un pour rattraper l'autre, s'est lâchée Sonia.

Moi, sur la défensive : J'y peux rien, moi, je ne suis pas sa mère... En tout cas, François, lui, était plutôt en retrait...

Garance, ironique : Tu parles, c'est son truc d'être en retrait pour faire l'intéressant, le mystérieux, c'est même comme ça qu'il t'a eue !

Moi, comme si j'étais tenue de préserver l'équilibre du groupe : Hé, les filles, vous inquiétez pas, nos mecs ne sont pas comme ça.

— Ah ouais, ils sont pas comme ça ? Et comment tu le sais ? m'agresse Sonia.

— Ils sont bien à la maison, ils ne lâcheraient leur famille pour rien au monde ! je réponds à court d'arguments.

— Tu parles ! La famille peut-être, mais nous..., se désespère Delphine.

— Elle a raison. Regarde Pablo. Une super-femme, des enfants géniaux, une maison d'enfer, une vie cool... et hop, même pas rentré de vacances qu'il est déjà recasé, résume Garance.

— C'est sûr qu'en face d'une jeunette de 30 ans, on ne fait pas le poids, se désole Delphine.

— En tout cas pour l'instant, à part lui, il n'y a pas eu de séparation dans la bande...

— Oui, restons groupés, dit alors Jean complètement ivre, ne voyons plus que des gens de 60 ans, on ne sait jamais, hein les filles ?

— Moi ça me dérange pas, je préfère les vieux, se réjouit Sonia.

Nous trois en chœur : Oui, on sait…

— Et la pauvre Claire… Lui qui se pointe chez toi avec sa nouvelle, compatit Garance.

— Elle n'a pas l'air très malin, ajoute Delphine.

— Vous êtes des caricatures, elle est jeune, belle mais conne.

C'est la dernière intervention de François qui, emmitouflé dans trois plaids à cause de la rosée, sombre aussitôt.

— Merde, Claire c'est quand même la taille au-dessus, poursuit Garance qui claque des dents.

Moi, désolée : Oui, mais je crois justement qu'au bout d'un moment les tailles au-dessus, ça ne lui va pas à Pablo, à aucun mec d'ailleurs…

Garance, frigorifiée : En tout cas, j'ai eu l'impression d'avoir cent ans ce soir… Quelle horreur !

Les autres, gelées : Il faut absolument que tu raisonnes Pablo !

Merci, les filles.

RÉCAPITULONS

Vous êtes face à un grand classique : celui du groupe soudé par le temps et l'âge confronté à l'INTRUSE. Dans le cas présent, il s'agit d'une jeune femme de 30 ans, belle, étrangère, intelligente… La plaie.

Déstabilisation, remise en question, confrontation, puis défense du territoire… Telles sont les phases que vous traversez, vous, les gardiennes du temple, tandis que vos compagnons jappent et font les beaux.

Plusieurs attitudes s'offrent à vous :

Assumez votre rôle d'aînée, fière de votre situation, de votre compagnon, de votre vie, de vos enfants. Créez un savant mélange de complicité et de distance, qui donne à la nouvelle venue le sentiment d'entrer dans un groupe équilibré. Normalement, cette attitude lui permettra de prendre aussitôt ses marques, d'être à l'aise et de respecter les règles de cette « nouvelle famille ». Votre mari et ceux de vos amies se sentiront eux aussi tenus de jouer le même jeu.

Excluez sciemment la nouvelle venue du joyeux groupe que vous formez avec vos amies de toujours. Cette attitude est maladroite, voire dangereuse. Vos hommes, qui ne sont pas dupes de votre petit manège, viendront aussitôt porter secours à la jeune femme et feront tout pour mettre à l'aise la pauvre petite égarée au milieu des mégères !

Considérez-la d'emblée comme l'une des vôtres, ignorez l'écart d'âge, jouez à la bonne copine accueillante en écartant les hommes de vos gloussements et fous rires… Cette tactique est efficace sur le moment, mais n'est pas viable à long terme. Vous n'avez pas le même âge, pas les mêmes centres d'intérêt. Vous avez mis votre compagnon dans une situation embarrassante, il vous en voudra. Vous vous sentirez ridicule ou déplacée dès le lendemain matin.

Jouez l'indifférence polie avec la nouvelle venue. De toute façon, Pablo et Ambra, ce n'est pas sérieux, ça ne durera pas, nous ne la reverrons jamais. Une chance sur deux pour que vous vous trompiez. Prudente, cette attitude vous permettra, si vous êtes amenée à revoir Ambra, de rectifier le tir.

Personnellement, je ne suis pas encore très au point sur l'attitude à adopter. J'oscille entre la première et la troisième solution… Une sorte de croisement entre la fille sûre d'elle dans son rôle d'aînée qui dérape en fin de soirée et tape dans le dos de l'intruse une fois trois coupes de champagne dans le nez. À revoir.

MY HAPPY LIFE TOURNE COURT

1er septembre. Vie professionnelle au beau fixe. Adore mon job, mon boss, ma boîte.

2 septembre. Vie professionnelle brisée.

Mon boss est un mufle.

Effarement. Indignation. Colère. Humiliation. Désespoir.

Liste des choses à faire :

— Ne pas oublier de rayer la carrosserie de la voiture d'Albert.

— Penser à appeler sa femme pour lui dire que son mari a une liaison avec la dir com du groupe.

— Laisser tomber cette idée stupide d'acheter un revolver pour l'abattre.

La direction m'a conviée au septième. Bizarre. J'ai vu tout ce petit monde il y a deux jours. Veulent-ils me féliciter pour le grand projet qu'ils m'ont confié ? J'attends. Impatiente.

— TROP VIEILLE ?

Ces deux mots proférés par Albert, mon supérieur, entrent comme deux coups de feu dans mon cerveau pour ne plus jamais en ressortir.

— Trop vieille, mais de quoi tu parles ?

— Il ne faut pas que tu le prennes mal. Tu n'y es pour rien... Nous avons bien réfléchi avec Olivier. Nous avons décidé d'embaucher une fille plus jeune pour ce poste... Évidemment, je te demande de rester pour accompagner le projet.

Mon cerveau se déconnecte. Ma bouche parle toute seule :

— Accompagner et aider la nouvelle à prendre ma place...

— Ooooui, en gros, me répond le monstre qui, hier encore, me portait aux nues.

— C'est bien toi qui m'as nommée à la tête de ce nouveau projet très excitant parce que j'étais la femme de la situation, il y a six mois ?

— Effectivement, approuve-t-il, gêné.

NON, PAS GÊNÉ DU TOUT. Avec son look à la Dennis Quaid et son degré zéro de psychologie, il ne ressent visiblement aucune gêne. Là, à cet instant précis, je dirais même qu'il se vit comme un patron courageux, franc, honnête.

— Je suis un peu groggy, là...

— Ne t'inquiète pas, j'ai conscience que c'est difficile pour toi.

— Je voudrais juste savoir, qu'est-ce qui a changé entre hier et aujourd'hui ?

— C'est un problème de cible.

— Écoute, je vais réfléchir, je ne sais pas quoi penser de tout ça, c'est un peu inattendu.

Décapitée. Tronçonnée. Hachée en fines lamelles. Pour l'instant je ne pleure pas. J'insulte ce mufle intérieurement. Et pars mourir ailleurs.

À la maison, je narre mes aventures professionnelles à François qui, la tête dans son sudoku, n'y va pas par quatre chemins :

— Moi à ta place, je leur dirais que je ne veux plus travailler sur ce projet et que je veux un autre job.

Comme la vie a l'air simple vue de l'extérieur... Je hurle :

— Mais c'est pas ça le problème... Tu crois vraiment que dire à une femme qu'elle est trop vieille, c'est une façon de faire ? Ce type est un misogyne, un mal élevé, un goujat, un rustre...

Lui, comme si tout ça était normal : En droit du travail, ça s'appelle de la discrimination par l'âge, garde ça dans un coin de ta tête, ça pourra te servir...

Moi, les naseaux frémissants : Je sais ce que c'est. Tu me prends pour une idiote, toi aussi ?

Lui, impassible : Chérie, quand on ne sait plus quoi faire des gens, on les humilie. On les met au placard. Ils veulent que tu t'en ailles... Ça fait six mois que ça dure, leur petit jeu... D'ailleurs, t'aurais jamais dû accepter leur proposition. Maintenant, ils vont tout faire pour que tu craques...

Cette compréhension instinctive de la situation de la part de François me tétanise. J'en viens à le soupçonner d'avoir utilisé cette méthode très récemment. Il est dans le camp de Dennis Quaid. C'est un ennemi.

Puis, comme s'il venait de marcher sur la lune : ça y est, encore un sudoku Expert terminé ! T'as vu, Alice ?

C'est à 6 h 30 du matin que ma voisine Mme Chalard me réveille.

— Votre voiture, elle est encore devant chez moi.

Moi, dans les vapes : Vous partez pas tout de suite ?

— Non, mais si vous ne la retirez pas maintenant, j'appelle la fourrière.

— J'arrive.

— T'es vraiment chiante à te garer tout le temps devant chez elle, marmonne François dans son semi-coma.

— Mais elle sort jamais sa voiture le matin…

Lui, la tête dans l'oreiller : F'est une fieille peau, elle a que fa à faire dans la mie, emmerder les voisins…

Vieille peau… Quels salopards, ces mecs ! Moi aussi je vais être une vieille peau un jour…

Ce matin, dans mon bureau qui – je m'en rends compte à l'instant – est placé pile à côté de la sortie de secours, je suis incapable de me concentrer. Mon téléphone sonne. Dennis Quaid veut me voir dans une heure.

La conversation de la veille reprend, telle quelle. Je suis incapable de feindre la fille qui attend patiemment que l'autre ouvre le bal.

— Dis-moi, j'ai fait quelque chose de mal ?

— Nnnon… Nous avons juste besoin de sang neuf…

— Et machinette, elle a quel âge ?

— Ne commence pas, elle s'appelle Valérie, elle est très bien et elle correspond à la cible que nous voulons toucher…

Là, j'aurais dû me bâillonner. Trop tard. Je hennis :

— Elle correspond à la cible… Donc, tu vas virer tout le monde ici. Claude, qui a bien 45 ans ; Jeanne, tu la dégages parce qu'elle a au moins 50 ans et s'adresse aux très jeunes ados ? et…

Il se lève, excédé : Ne sois pas insolente !

Je me lève aussi : Je ne suis pas insolente, j'essaie de comprendre.

Il se rassoit : Je t'ai déjà dit que l'on ne parle pas comme ça à ses supérieurs. Tu n'en fais qu'à ta tête… Tu ne sais pas t'arrêter. Jamais.

Dennis Quaid se trompait.
Me suis arrêtée.
Contrainte et forcée.

« Des vertiges positionnels paroxystiques bénins », m'a dit Wish, mon médecin. Un truc causé par le stress qui se manifeste au niveau de l'oreille interne et provoque le tournis au moindre mouvement de tête. Vais immédiatement sur Internet pour tenter de comprendre le mal qui m'habite.

Lis à haute voix à mon auditoire, Camille et Ethan, en l'occurrence :

« Il s'agit d'un vertige rotatoire, souvent violent et d'apparition rapide (3 à 20 secondes), parfois accompagné de nausées. Il apparaît à la suite d'un changement de position de la tête, toujours le même, et le cas le plus fréquent est la rotation de la tête en décubitus dorsal, mais il peut très bien survenir en position debout la tête en hyperextension ou tout au contraire la tête penchée vers le sol. Un patient sur quatre se plaint en outre de troubles de l'équilibre lors de la marche. En général, l'exploration du système vestibulaire, de l'oculomotricité, de la posture et de l'audition ne révèle rien d'anormal. »

— Maman, ça saoule, c'est quoi « oculomotricité » ? me coupe Ethan, soudain frappé de tectonique aiguë.

— Arrête ça, Ethan, je n'en peux plus ! J'ai l'impression d'avoir en face de moi un hélicoptère qui s'apprête à décoller…

Camille surenchérit : T'es un naz been, ce sont les mômes de huit ans qui s'agitent comme ça. Maman, je comprends rien à tes explications…

Moi, excédée : LA PAIX, si ça ne vous intéresse pas, allez voir ailleurs…

— Si, si maman, je t'écoute…, dit Ethan, faussement déférent.

Il a un service à me demander, c'est sûr.

Okay, je continue :

« Il s'agirait d'une pathologie d'un canal semi-circulaire postérieur. Des otoconies de l'utricule se détachent et se déposent par gravité sur la cupule du canal semi-circulaire : on parle de cupulolithiase (lithiase sur la cupule). L'origine peut être la dégénérescence de la macule utriculaire par traumatisme, vieillissement, infection, chirurgie de l'oreille moyenne, etc.

— Vieillissement de la macule…, on dirait une contrepèterie…

Je lève les yeux de l'écran, regarde les deux ahuris qui ne m'écoutent plus depuis un bon moment.

— Bon, le principal, c'est que ce soit bénin, non ?

J'ai mal au cœur. Dans tous les sens du terme.

RÉCAPITULONS

Le monde de l'entreprise est une jungle, et jusqu'à nouvel ordre, Tarzan n'est jamais arrivé pour vous tendre une liane en vous disant : « Moi Tarzan sauver toi, Jane. » Tarzan préfère les jeunes de toute façon.

Alors…

Lorsqu'un mufle décide que vous n'êtes plus bonne à rien parce que… trop vieille,

SOIT :

Vous avez besoin de ce travail. Votre force de caractère est telle que vous tenez bon et faites semblant de ne pas comprendre de quoi votre supérieur vous parle. Poursuivez votre voie, faites ce que vous avez à faire. Dans votre esprit, c'est vous qui l'aurez à l'usure.

Vous avez besoin de travailler mais détestez vous laisser marcher sur les pieds. Les 4 000 euros que tata Georgette vous a offerts en confondant francs et euros vont enfin vous rendre service :

Vous louez un hélicoptère et arrosez votre ville de 5 000 CV sous enveloppe. Il y aura bien un journal local pour s'en faire l'écho, France 3 voudra vous interviewer à coup sûr… et les patrons de votre région se battront pour avoir dans leur équipe une personne si créative…

Plus classique, vous commencez à envoyer des CV, vous contactez un avocat avec lequel vous montez patiemment un dossier prouvant que votre direction veut vraiment votre vieille peau. La discrimination par l'âge étant actuellement très à la mode dans la jungle, il y a fort à parier pour que vous partiez un jour avec des indemnités à la hauteur de votre ancienneté vieille de quinze ans.

Vous représentez « l'argent de poche » dans votre foyer. Dans ce cas, vous collez une claque à votre Dennis Quaid à vous, le plantez là, sa main posée sur sa joue écarlate et sa bouche bée, tournez les talons et démissionnez.

J'aurais tant aimé être l'argent de poche dans mon foyer...

ALLÔ GARANCE BOBO

3 septembre. La crise est là. Bourdonnante. Si j'ai bien compris les explications de Wikipédia, de minuscules cristaux se promènent dans les mystérieux labyrinthes de mes tympans, alors qu'ils devraient monter la garde, tels de petits soldats, afin de préserver mon équilibre. Me voilà donc clouée à la maison, assise dans un fauteuil, la tête bien droite pour ne pas succomber aux nausées qui me guettent, les fourbes, prêtes à attaquer...

Aucune nouvelle de Dennis Quaid. Mais un bouquet de fleurs signé de mon équipe. Ne pas oublier de les remercier... Garance m'a laissé un message. L'appeler. Seule « ma meilleure amie » peut quelque chose pour moi en ces temps de bouleversements majeurs.

Liste des choses à faire :

— Songer à bannir de mon lexique l'expression « ma meilleure amie ». Ne suis plus en CM1.

— Bénir, lorsqu'ils auront disparu, ces vertiges qui m'ont fait perdre 2 kilos.

— Penser à me répéter à longueur de journée que je suis géniale.

Lorsque j'appelle Garance pour lui raconter mon arrêt maladie, la muflerie de Dennis Quaid et mon remplacement par une fille « jeune et dans le coup », ma complice explose : « Ces salopards, ils mériteraient qu'on leur coupe les couilles... Puisque c'est la crise, ils n'ont qu'à interdire le travail aux femmes de plus de 35 ans aussi... Envoie-les chier, quand je pense qu'ils ont la fille la plus géniale de la place de Paris... »

Du grand Garance.

Sa rage est telle que c'est moi qui lui propose d'aller manger un fondant au chocolat Aux deux Abeilles, rue de l'Université. Ça va nous détendre.

Garance...

Sous ses dehors de lycéenne modèle, la révolte couvait déjà sous son uniforme marine. Scolarisée chez Daniélou, institution destinée à conserver les adolescentes de la haute dans le formol le plus longtemps possible, Garance était en fait aussi délurée que moi. C'est au cours d'un rallye à Rueil-Malmaison où je m'étais incrustée avec ma bande du lycée public, que nous sommes devenues inséparables. Vers 3 heures du matin, Georges-Éric, seul garçon à peu près fréquentable de Passy-Buzenval (la version hommes de Daniélou), lançait à la cantonade : « Pas cap de danser les seins nus au milieu de la piste, les filles... »

Garance et moi, beurrées comme des tartines, nous sommes retrouvées sous les encouragements des Sharks et des Jets au centre de la piste, nos deux paires de nichons à l'air, au son de *September* d'Earth, Wind & Fire. Voilà. C'était réglé. Garance et moi, ce fut désormais à la vie à la mort.

Certes, elle détestait mes sabots suédois, mes chemises de grand-père, ma passion (secrète) pour Sylvie Vartan, sujet de discorde qui revenait régulièrement sur le tapis de sa chambre. Mais nous étions d'accord sur le principal : les mecs de notre âge étaient stupides, Supertramp, notre premier concert, génial, Les Bains Douches, le top de la branchitude, L'Élysée-Mat' ringard, Le Maya, à Saint-Germain-en-Laye, un must pour dénicher de vrais hommes...

À peine arrivée, mes yeux ont commencé à jouer au yoyo. J'agrippe le bras de Garance et crie :

— Ah là là, ça recommence, ça tourne, je vais tomber !

Elle, paniquée : Allonge-toi, vite !

— Non, surtout pas allongée, c'est pire, il faut juste attendre vingt secondes que ça passe, mais c'est tellement angoissant !

— Mais c'est quoi ce truc ?

— Rien, le stress, il faut juste que ça passe...

Je reste immobile une minute. C'est bon, c'est fini.

Garance, ahurie : Je n'avais jamais vu ça, tu dis que ce sont des cristaux qui bougent dans l'oreille interne ?

— Oui, c'est ça. On ne sait pas comment ça se déclenche... Et ça te prend n'importe quand... Puis, reprenant mes esprits : Au moins on peut dire qu'il a été franc...

— Qui ?

— Dennis Quaid. Désolée, je suis en boucle, j'en suis presque à me demander si je n'ai pas rêvé la scène !

Garance lève les yeux au ciel : J'en étais sûre, tu es déjà en train de lui donner raison... Mais réveille-toi, Alice, c'est un mufle, un point c'est tout.

— Oui, mais il a eu un certain courage...

Garance, excédée : Oui, c'est un mec plein de tact en fait, tu as raison, t'es con ou quoi ?

— Au moins il a été direct. Pas comme certains qui te disent que tu es senior en te mettant dans un placard...

— Alice, réveille-toi, tout ça c'est pareil... Comme de dire que les aveugles sont non voyants, ou les sourds malentendants...

Moi, tristouille : Tu penses qu'on est vraiment vieilles ?

— Ben, oui, on est vieilles. Quand on avait 20 ans, nos mères on les trouvait vieilles. Aujourd'hui c'est nous. Et ça ne va pas s'arranger. Alors si tu veux mon avis, arrête de te prendre la tête et profite de la vie...

— Moi, je ne me sentais pas vieille jusqu'à la semaine dernière, enfin ça me trottait dans la tête mais sans plus... Mais si tout le monde s'en aperçoit, maintenant, je suis vraiment dans la merde.

RÉCAPITULONS

Vous pouvez devenir trop vieille à 25 ans si vous êtes une sportive de haut niveau, à 35 si vous êtes mannequin, à 40 si vous êtes comédienne, à 45 si vous êtes chômeuse, à 50 si votre homme vous quitte... À 60 parce que la retraite. À 70 parce que vous ne pouvez plus monter les escaliers sans vous arrêter à chaque marche...

Réagir. Plus facile à dire qu'à faire. Le premier assaut de l'âge est violent. Surtout quand vous n'en avez pas décidé l'heure, le jour, l'année... Et que c'est un autre qui vous met le nez dedans.

Faut-il pour autant sombrer dans la déprime ? Le temps qui passe, ce n'est pas à votre programme. Seulement voilà, à force de ne pas le voir venir, le jour où votre âge vous tombe sur la tête, il ne vous lâche plus. Malgré ce que vous croyez, encore sous le choc, c'est lorsque l'ennemi est face à vous que vous avez toutes les chances si ce n'est de le neutraliser, du moins de le dompter.

Cinq petits trucs pour parer au plus pressé :
Organisez un dîner entre (vraies) copines. Débouchez le champagne et trinquez au « Trop vieille » qui vous a tant blessée. Normalement, après une petite coupette, les langues se délieront. Chacune ira de son anecdote sur le thème.

Vous qui vous sentiez seule au monde, elles qui n'en avaient peut-être jamais parlé, allez vous sentir solidaires et libérées du fardeau.

Offrez-vous un shopping tour et lâchez-vous. Ne vous demandez pas ce qui est de votre âge, mais ce que vous aimez vraiment. La minijupe noire serrée comme celle que vous portiez à 20 ans, le perfecto, votre compagnon d'antan que vous avez laissé tomber... Les jambières multicolores que vous n'avez jamais osé porter... Les Converse noires qui vous plaisaient tant...

Offrez-vous le livre de Clarissa Pinkola Estés, **Femmes qui courent avec les loups**. Plongez-vous dedans. Découvrez la femme sauvage que vous êtes ou deviendrez un jour. Apprenez à neutraliser les prédateurs qui rôdent autour de vous. Comprenez le cycle vie/mort/vie qui vous anime et vous rend si vivante… Mais je m'emporte…

Piquez à votre fille ou achetez-vous le premier album de Lily Allen. Écoutez en boucle **Mister Blue Sky**. Normalement, un sourire idiot devrait se figer sur votre visage et ne plus vous quitter de la journée. Avec ses petits airs de rien du tout, cette jeune Anglaise est joyeusement contagieuse.

Évitez absolument de louer à votre vidéo-club le magnifique mais plombant Le Premier Jour du reste de ta vie de Rémi Bezançon. C'est encore trop tôt. Zabou Breitman, notre quinqua préférée, y est magnifique de sensibilité. Le risque d'identification, inévitable, et donc dangereux. Attendez un peu.

Voyez ou revoyez All about Eve de Joseph L. Mankiewicz. Avec Bette Davis et Anne Baxter. Une fausse et jeune ingénue utilise toutes les ficelles imaginables pour « remplacer » une « vieille » star de théâtre adulée par son public.

JE DOIS ÊTRE PARANO !

5 septembre, 7 heures du matin sous la douche. Mes vertiges paroxystiques font un break. Retournée comme une crêpe, décide finalement que ma place est au sein de l'entreprise. Garance est trop radicale. Dennis Quaid s'est peut-être mal exprimé. Reprends le (droit) chemin du bureau.

Liste des choses à faire :
— Prouver au monde entier que je suis une femme forte et qu'il m'en faut plus pour sombrer dans la déprime.

— Reprendre ma place de leader sur ce projet. Au fond, Dennis Quaid veut savoir ce que j'ai dans le ventre.

— Ne pas oublier que c'est la petite nouvelle qui a besoin de moi et non le contraire.

Oui, c'est vrai, Garance et François ont raison, je dois réagir. Mais pas en laissant tomber. Pas en claquant la porte comme me le conseille Garance, c'est trop facile. Non, plutôt en m'imposant, comme le suggère François.

Il fait beau. Dans ma C2, je chante avec Duffy *Mercy*. Me sens revivre. Déboule dans le bureau, joyeuse, positive, jeune.

Feuillette les journaux, crise, destructions d'emplois… Tombe sur le dernier *Gala* : « Elles veulent toutes rajeunir », quand ma remplaçante arrive, comme un poisson dans l'eau.

Déjà.

— Ah, tu es là, tu as l'air d'aller mieux… C'est génial. Viens, il faut que je te présente James, mon adjoint, il revient des US où il a travaillé pour le *Vogue* américain. Je vous laisse deux minutes, je fais passer un entretien pour une assistante…

Moi qui de ma vie n'ai eu d'assistante – il fallait serrer les coûts –, j'enchaîne :

— Vas-y, je t'en prie, puis me tourne vers le sémillant James : Salut, alors tu es l'adjoint de Valérie ?

— Oui, elle m'a appelé dès qu'elle a su qu'elle venait ici, et toi ?

— Moi ? Eh bien, à vrai dire…

— Au fait, me coupe le garçon, on s'est installés dans ton bureau… Dans l'autre il n'y avait pas de prise pour mon ordi.

— Faites comme chez vous, lui dis-je, lasse soudain.

— Si tu veux, tu peux te joindre à nous tout à l'heure, Valérie doit me briefer sur quelques trucs…

James…

Dennis Quaid avait omis de me parler de son arrivée. Je vais aux infos, apprends par ma copine du marketing que James a débarqué il y a deux jours.

— Il est jeune, brillant, a plein d'idées, c'est le chouchou de Valérie qui ne jure que par lui. On est mal…, résume-t-elle.

Tout ce que je parviens à cracher c'est un « Ah… super ! » malveillant en repartant vers ma nouvelle niche.

J'avais raison, c'est Valérie qui a besoin de moi, pas l'inverse.

Elle a plein de choses à me demander :

— Quelle est la manip pour joindre la secrétaire de Dennis Quaid ?

— Tu connais le type qui s'occupe des installations informatiques ?

— Où se trouve la photocopieuse couleur ?

Suis indiscutablement irremplaçable.

James, lui, m'explique sa conception du journalisme. *Vanity Fair*, *Vogue*, *In Style*… La vraie vie, quoi, l'Amérique, l'Italie, la Grande-Bretagne, la modernité. Me fait au passage un grand show sur sa vision de la direction artistique…

Suis définitivement excédée.

Pour le coup, je me sens vraiment trop vieille pour aider de sales mômes de moyenne section maternelle auxquels on a confié les clés de la salle des profs pour prendre ma place. Ma tête s'est remise à tourner – bénins mais persistants, mes vertiges paroxystiques. Je titube vers les ascenseurs, direction l'infirmerie.

La dame, que je n'ai vue qu'une fois en dix ans, me dit simplement : ça n'a pas l'air d'aller, en m'indiquant le lit de camp qu'elle recouvre de Sopalin géant comme si j'allais faire pipi dessus.

Je m'y assieds la tête bien droite. Ne dis rien. N'ai plus de mots. Une bonne demi-heure plus tard, elles sont deux à m'observer : ça ne va pas, vous !

Je les entends de loin, comme si j'étais dans un bocal. Elles ont appelé Xavier, mon adjoint, qui m'a apporté mon sac, mon manteau, me range dans ma C2 à la place du mort, et qui, malgré mes protestations (les vieilles supportent mal qu'on les aide), prend le volant direction Colombes.

C'est comme ça que je me retrouve de nouveau à la maison. Puis, une fois que Xavier m'a lâchée, chez mon médecin, après avoir conduit ma C2 à 20 à l'heure…

Je feuillette quinze fois un vieux *Point* qui est là depuis cinq ans en écoutant Radio-Nostalgie une bonne vingtaine de minutes, et le voilà qui arrive avec son sourire énigmatique. Celui du chat de Cheshire.

— On ne se quitte plus, tous les deux ?

Moi, butée, enfin en larmes : Je ne veux plus retourner là-bas. Plus jamais… Ils m'ont humiliée. Après dix minutes pendant lesquelles je pleure, renifle, tout en racontant mes malheurs, ce sacré Wish, impassible, bras croisés, m'observe – il ne m'a jamais vue dans cet état –, comprend que je suis à bout, prend son bic, me tend une ordonnance, sort une feuille de Sécu. Arrêt d'un mois pour dépression. Puis il ouvre sa boîte de Chupa-Chups destinée aux enfants et me la tend.

— Vous êtes surmenée, allez voir ce kiné de ma part (il me donne sa carte), il va vous remettre tout ça en place, je vous ai prescrit des antidépresseurs, légers... Marchez, aérez-vous, et surtout ne pensez plus à rien...

Je lui serre la main, qu'il a rassurante, et me demande comme à chaque fois que je lui rends visite, si cet homme sait que je regarde en boucle *Dr House* en rêvant qu'il est mon médecin traitant...

Je reviens sur mes pas, passe ma tête par la porte, ma sucette à la bouche.

— Je n'aime pas ça, je n'ai jamais pris un jour depuis vingt ans que je bosse...

— Oui, c'est pour ça que vous êtes dans cet état. Pensez à vous. Arrêtez de vous croire indispensable...

— Je ne me crois rien du tout !

— Oui, c'est bien le problème.

Je vais vers ma voiture, dont je referme le coffre, à peine étonnée de l'avoir laissé ouvert, m'assois et là je me lâche, pleure doucement, puis sanglote sans retenue... Un type s'approche, tape sur la vitre et me dit, visiblement désolé :

— Vous êtes assise dans ma voiture...

— Oh, pardon, pardon, je perds la tête, je suis désolée... Je me disais bien que je n'avais plus ma Twingo noire, mais je suis si fatiguée...

Si Dennis Quaid ne sait pas ce que j'ai dans le ventre, moi je sais. Un tas de couleuvres. En ai trop avalé.

RÉCAPITULONS

Vous y êtes. Quelle chance, non ? Enfin TROP VIEILLE pour Dennis Quaid. TROP VIEILLE pour accepter. Pour faire abstraction de ce que

49

vous êtes. Vous venez de le comprendre enfin. Vous avez grandi d'un seul coup. Vous savez que ce n'est pas auprès de Dennis Quaid que vous risquez d'avancer. Il veut vous voir capituler, baisser la tête et continuer à dire merci pour les coups de règle sur les doigts.

Vous vous demandez pourquoi il vous a fallu autant de temps pour réagir.

Alice, répondez...

— Je ne sais pas... Trop obéissante, peut-être. Trop idéaliste, trop naïve, trop désarmée ?

Oui, mais c'est fini. Vous êtes enfin armée. Vous êtes libre.

TRAITEMENT DE CHOC

6 septembre. Ai pris rendez-vous avec le kiné recommandé par Wish. Me demande comment ce sorcier va s'y prendre pour me remettre d'aplomb. Préfère ne pas conduire. Hier, c'était limite. Marie, ma voisine, m'accompagne.

Liste des choses à faire :

— Obtenir de Marie qu'elle jouisse en silence. Ses hululements nocturnes me rendent électrique.

— Cesser de détester François, Camille, Ethan. Ma vie de bureau, mes vertiges ne doivent pas perturber l'équilibre familial.

— Arrêter de crier « Maman ! » quand j'ai peur. Suis ridicule.

Dans la voiture, Marie me confirme ce que je savais déjà :

— Alice, j'ai passé une nuit comme jamais !

— Oui, j'ai cru comprendre.

— Je vous ai réveillés ?

— Nooon... J'avais juste l'impression d'être dans ta chambre, assise au bord du lit... Je ne sais pas ce qu'il te fait ton mec... Jamais entendu crier quelqu'un comme toi...

51

— C'était bon…

— Remarque comme ça tes enfants ne se demandent pas si tu fais l'amour ou pas. Ils sont fixés.

— Pourquoi tu dis ça ?

— Parce que Camille et Ethan m'ont demandé si ça nous arrivait de faire l'amour, ils ne nous ont jamais entendus…

— T'es trop discrète comme fille…

— C'est ici. Promets-moi que tu ne crieras plus quand tu t'envoies en l'air, pour le moment en tout cas, ça me rend hystérique.

— Okay, je vais faire des courses, appelle-moi quand c'est fini.

— Ça marche.

J'entre dans la salle d'attente, la tête bien droite pour éviter les vertiges, le regard fixe. Mon sauveur m'accueille. Tout ce que je déteste. Athlétique, bronzé, souriant, tignasse délavée du surfer bien dans sa vie, David Hasselhoff, version *Alerte à Colombes*. Il me conduit à son bureau. Regarde l'ordonnance, me jauge.

— Vous êtes stressée, qu'est-ce qui ne va pas ?

Moi, nauséeuse : En fait, rien ne va…

— Aaah…

Le véliplanchiste me fait asseoir sur le lit de camp, l'emballe avec du Sopalin géant et place une cuvette dessous.

— Vous allez me faire quoi là ?

— Ne vous inquiétez pas, c'est rien du tout. Allongez-vous sur le côté gauche, madame.

J'obéis.

— Voilà, comme ça, décontractez-vous, parfait.

52

Puis il me regarde droit dans les yeux.

— Maintenant, écoutez-moi bien. Je vais vous prendre par les épaules, et vous, vous allez me tenir solidement par la taille. D'accord ? Vous êtes prête ? Go !

Le type nous jette violemment vers la droite, comme pour éviter une balle. Et là je sens mes yeux partir à 200 à l'heure. Je crie :

— Je tombe, je tombe, maman, maman (oui j'appelle toujours ma mère quand j'ai peur), je vais mourir !

— Calmez-vous, je maîtrise la situation, laissez-vous faire, okay ?

Suis toujours dans ses bras quand, sans prévenir cette fois, il nous jette de l'autre côté comme une valise dans une soute à bagages.

Ni une ni deux, je vomis dans la cuvette qu'il a pris soin de me tendre comme s'il faisait ça tous les jours.

— Mais c'est dégueulasse !

David Hasselhoff sourit, content de lui.

— Ce n'est rien. Voilà, normalement, c'est fini...

Je dois faire pitié.

— Comment ça, c'est fini ?

Le maître nageur me tend un kleenex.

— Vous en avez un peu dans les cheveux, là...

Je m'essuie, me redresse doucement tout en le regardant droit dans les yeux.

Lui, comme si son chien venait de lui tendre la patte pour la première fois, me lance :

— C'est bien, bravo... Vous voyez bien que c'est fini. Levez-vous maintenant, fermez les yeux et tournez sur vous-même...

Obéis, encore.

— Impeccable, ma petite dame (là, je crois que je vais revomir, mais sur sa jolie blouse), vous n'avez pas bougé. Bon, normalement, ce genre de dérèglements survient plutôt vers les 55 ans et au-delà… Vous n'en êtes pas là. Vous avez quel âge ?

— Euh, 41.

Le « euh » signifie que mon âge varie en fonction de mes interlocuteurs, donc parfois j'hésite. Surtout quand je sais que le gars va immédiatement connaître ma date de naissance en regardant ma carte Vitale.

— *A priori*, cela ne se reproduira pas. Toutefois, si cela vous arrive encore, nous ferons une autre séance.

— D'accord, je vous dois combien ?

— 60 euros.

Je fais semblant de chercher dans mon sac.

— Mince, je ne retrouve pas ma carte Vitale… (Pas question qu'il voie que j'ai menti.)

— Malheureusement, ces séances ne sont pas remboursées.

Je lui tends un chèque, tout sourire.

— Aucune importance.

De retour à la maison, j'appelle François pendant que Marie prépare un thé :

— Tu aurais vu le mec, il m'a attrapée, m'a retournée, et là j'ai tout gerbé, et lui m'a dit c'est fini. Et c'était fini. (Silence au bout du fil.) Allô, t'es là ?

Lui, ailleurs : Tu as l'air d'aller mieux. Tant mieux. Amuse-toi bien.

Clic.

Comme toujours lorsqu'il est au bureau, François n'est plus François, il est l'autre, un cadre, un collaborateur à responsabilités dans une grande entreprise.

C'est bien simple, le 11 septembre 2001, lorsque je lui ai appris par téléphone l'effondrement des tours jumelles il m'a juste dit : « Bon, à tout à l'heure, j'aurai un peu de retard ce soir… »

C'est dire si le fait que je vomisse ne lui fait ni chaud ni froid.

RÉCAPITULONS

Maintenant que vos vertiges (symptôme destiné à masquer vos réelles angoisses) sont neutralisés, vous n'avez plus le choix. Vous allez devoir affronter un à un les empêcheurs de vivre en rond. Ce ne sera pas de tout repos. Vous aurez de petites rechutes. Mais la porte est enfin entrouverte. Accrochez-vous.

MARRE DES COULEUVRES

7 septembre, 20 h 30. Premier service. Pique-nique autour du bar avec Camille et Ethan. Incapable d'avaler quoi que ce soit. Mal au cœur, au ventre, à la tête.

Pas de liste ce soir

Réalise physiquement, tandis que je sers Camille et Ethan, que je ne supporte pas bien les couleuvres. Suis allergique. Comme aux coques. Aux huîtres. Je les sens, là dans mon ventre, gargouiller. C'est l'indigestion. Mon esprit et mon corps sont des territoires occupés, je n'entends même pas Ethan qui me parle. Il me secoue le bras.

— Pardon, chéri, qu'est-ce que tu dis ?

— Maman, t'es pas malade pour de bon, en fait.

Camille, qui écrit un SMS sur son portable : Non, elle sèche le travail, c'est tout !

Moi, derrière le bar (au jeu du restaurant, suis rarement cliente. Plutôt cuisinière et serveuse) : Très drôle, Camille. Non, je suis juste un peu fatiguée. Tu sais le travail, c'est pas toujours facile. Et les gens avec lesquels on travaille non plus...

57

Ethan m'approuve avec force. Lui aussi a ses problèmes : Alors ça maman, tout à fait d'accord avec toi. On a une prof de français cette année, madame Mesquin, elle est sévère, et vieille si tu savais, c'est impossible de travailler avec elle... Et toute la journée elle nous dit qu'on est des bons à rien et qu'à son époque, c'était autre chose, les élèves...

Moi, distraite : Son époque ! Elle est vraiment vieille alors...

Ethan, qui ne voit aucune différence entre 40 et 70 ans : Je sais pas moi, au moins 60 ans...

Camille, qui, elle, a déjà l'œil exercé : Mais non, imbécile. Elle doit avoir l'âge de maman à tout casser, mais elle s'habille comme une vioc...

Me font soudain froid dans le dos ces deux-là... Une vieille qui a 60 ans selon Ethan, le mien d'après Camille...

Ethan saute de son tabouret : Salut Papa !

François, en grande forme : Bonsoir les enfants. Salut mon amour. Ben alors, tu as l'air toute chose...

— Ouais, c'est pas la grande forme.

— Bon, les enfants, et si vous montiez vous coucher ? Maman et moi aimerions être un peu tranquilles.

Camille et Ethan ne demandent que ça : la PlayStation et MSN les attendent là-haut.

21 h 30, deuxième service. La mayonnaise ne prend pas. La sauce tourne au vinaigre. La moutarde me monte au nez.

François amoureux ne se jette pas sur un match de foot, ou de rugby, mais sur moi :

— Ça va vraiment te faire du bien ce petit break. Après, tu seras en pleine forme, tu verras...

Moi, raide comme un piquet, alors que je devrais littéralement fondre devant cette fougue précieuse et inattendue : Je ne crois pas que j'y retournerai...

Lui, étonné mais toujours radieux, s'éloigne pour m'examiner : Ah bon ? Mais je croyais que ce boulot, c'était ta vie ?

Il ne s'en sortira pas comme ça. Je me mets à marcher de long en large dans la pièce, nerveuse.

— Oui, mais pas dans ces conditions, pas avec un type qui m'humilie sur mon âge comme si j'avais commis une faute professionnelle. Au passage, il a fait le même coup à une autre nana, Brigitte. Elle m'a appelée tout à l'heure pour prendre des nouvelles. Pas assez jeune non plus...

Lui, qui ne comprend pas encore que je lui tends un piège, est toujours avec moi. Solidaire. Un roc. Il s'assoit au bar, grignote et trouve tout délicieux, alors qu'il reste deux pommes de terre à l'eau et de la mortadelle.

— Il a vraiment un problème, ce type.

Je cherche ce qui va l'énerver. Tourne autour du pot. Le temps de roder mon sale coup. Ça y est :

— Tous les types ont un problème avec l'âge. Toi aussi, à part Sharon Stone, cite-moi une fille entre 50 et 60 ans que tu trouves géniale...

— Kristin Scott Thomas !

— Facile... Une autre...

— Michelle Pfeiffer !

Nous y sommes.

— Et à ton boulot, cite-moi une fille de plus de 50 ans que tu apprécies, respectes…

— Tu sais, chez nous il n'y a pas beaucoup de femmes…

— Ah, tu vois ?

Lui, légèrement fatigué par mon petit jeu mais suffisamment conscient de mon état pour ne pas m'envoyer sur les roses : Mais j'en sais rien, moi, et je m'en fous ! Et puis tu n'as pas cinquante ans, qu'est-ce qui te prend ?

— Je les aurai un jour.

— Non, c'est vrai ?

Je débarrasse le bar, use mon éponge à force de frotter, je fais toujours ça quand je vais exploser. François passe derrière le bar, m'attrape par les épaules.

— Tu veux pas arrêter ton cinéma. Sérieusement, tu comptes faire quoi ?

Moi, provocante parce que, à ce moment-là, c'est bon, j'y suis arrivée, je le déteste, je le repousse et le nargue :

— Glander, partir en voyage, peindre, prendre des cours de gym, faire tout ce que je n'ai pas le temps de faire depuis vingt ans…

Lui, ne se décidant toujours pas à mordre à l'hameçon parce qu'il sait qu'il va y avoir droit : Et t'occuper de moi ? des enfants ? Nous faire des petits plats…

Moi, qui n'attends que ça pour balancer ma petite réplique bien en bouche : ça, je le fais déjà. C'est mon deuxième boulot.

Lui, qui sait que nous y sommes, et que quoi qu'il dise, il y va tout droit dans mon coup fourré : Tu as de la chance d'être à la maison...

Voilà cinq minutes montre en main que j'attends cette phrase, je le tiens, son compte est réglé. Je hurle :

— Tu te fous de moi, un con me dit que je suis trop vieille, met une nana à ma place, puis un môme de 25 ans dans les pattes, je me tape des vertiges et tu trouves que j'ai de la chance, mais on est en plein n'importe quoi ! J'en ai marre d'avaler des couleuvres !

Lui capitule. Il sait. Rien ne m'arrêtera plus ce soir.

— Calme-toi, c'est pas ce que je voulais dire.

Je jubile : Ben moi si, c'est ce que je te dis et je vous emmerde tous !

Lui, il fallait bien qu'il y vienne, c'est la règle du jeu, devient méchant : Peut-être qu'il a raison ce Dennis Quaid comme tu l'appelles, trop vieille... Tu supportes plus rien, tout t'énerve, les mômes, moi, le boulot. Normal qu'ils ne veuillent plus de toi !

Moi, enfin délivrée : Tu es un dégueulasse, un salaud, tu es comme lui, minable !

Fin du festin. Prends mon oreiller, une couette, mon bouquin, et vais m'enfermer à clé dans la chambre d'amis.

Rideau.

RÉCAPITULONS

Complètement à vif, consciente qu'il n'y a plus d'issue, tentez une dernière diversion, la grande scène, sur le thème « tous les mêmes ».

Mon conseil : Surtout, que personne ne bouge ! Le terrain est miné. Plus rien à sauver pour le moment. Laissez reposer la pâte. Demain est un autre jour.

TROP VIEILLE ? CAMILLE CONFIRME

8 septembre. Vertiges envolés. Rentrée des classes bouclée. Ai réservé mon après-midi pour faire du shopping avec ma fille. Ne raterais pour rien au monde ce moment de complicité mère-fille...

Liste des choses à faire :

— Les dix-huit livres à couvrir, ce sera sans moi.

— Le petit déjeuner à 6 h 30, ce sera également sans moi.

— Le passe Navigo est un excellent moyen pour se déplacer sans moi.

Les mutants viennent de partir à l'école et, toujours remontée comme un coucou, j'annonce à François le programme « sans moi » que je viens de mettre au point.

— Dure avec eux ? Tu as déjà recouvert dix-huit livres, toi ?

— Mais pour le petit déjeuner, tout seuls à peine réveillés, c'est tôt 6 h 30...

— Justement, c'est trop tôt. Mais t'inquiète pas, vu qu'en ce moment je me réveille tous les jours à 5 heures, je ne serai pas loin de la cuisine. Bon, je crois que je vais aller redormir un peu…

— Quand tu travailles, tu veux tout gérer, et maintenant que tu as tout le temps, tu ne veux plus rien faire.

Moi, menaçante : Oui, ça ressemble à un engrenage. Une sale histoire… Bientôt, tu devras préparer à dîner pour nous quatre, faire le plein chez Leclerc et peut-être même passer l'aspirateur,

Il m'embrasse et me fait un petit sourire.

— Vivement que tu rebosses !

— Je crois que tu n'as pas bien compris ce que je t'ai expliqué hier soir, je réponds, provocante.

Me recouche, mon ordi sur les genoux. Cherche à voir ce que sont devenues des actrices comme Meryl Streep, Sigourney Weaver, Jessica Lange et Kathleen Turner…

Toutes nées en 1949. Après vérification, constate que la dernière est née en 1954 et là, je ne m'en remets pas, la sublime héroïne de *La Fièvre au corps* est bouffie, a la peau grêlée…, est absolument méconnaissable… L'alcool ? la cigarette ? la ménopause ? Personnellement je penche pour l'alcoolisme. Dois absolument arrêter le petit rosé à l'apéro…

J'en suis là de mes réflexions tout à fait fascinantes lorsque le téléphone sonne.

— Allô, oui c'est moi… *Pleine Vie* ? Non, je ne lis pas… Dans la cible ? Non, je ne crois pas… Non, pas en 62, en… 65… Ah j'y suis alors… Le recevoir pour une période de trois mois ? un essai ? Non, merci, c'est gentil, mais je ne me sens pas concernée… Pourquoi ? Je croyais que c'était pour les retraitées... Ça se prépare ? (sous-entendu, la retraite)... Eh bien, merci de m'y faire penser. Bon. Envoyez toujours... Au revoir.

Maudite.

À croire que l'information « Alice, devenue trop vieille du jour au lendemain » est passée au journal de 20 heures...

Ma petite virée shopping avec Camille tombe bien. Pour me remonter le moral.

On va toujours dans le même coin toutes les deux. Après avoir testé plusieurs quartiers – l'avenue des Ternes (trop de trafic), le Passage du Havre (trop de monde) –, la rue de Passy, petit village commerçant sans identité, est devenu notre QG. Avec son cinéma le Majestic, ses boutiques multimarque, les Gap, H & M et Zara, ses petits cafés et l'obligatoire restaurant japonais, la rue de Passy nous va à merveille...

— Mamoune, arrête-toi là ! me crie Camille en apercevant la galerie commerciale Passy-Plazza.

Et nous voilà, après avoir garé la voiture n'importe comment, chez H & M.

— Tu ne préfères pas Kookaï, ou Esprit, c'est plus joli...

— Oui, mais chez H & M il y a tout, et j'ai besoin de lingerie... Va par là, me pousse-t-elle vers les pulls et les chemisiers, moi je vais voir ce qu'il y a comme culottes et soutiens-gorge.

— D'accord.

Je repère des petits chemisiers à dentelle adorables (j'avais les mêmes à une époque), des jupes mignonnes comme tout (j'en prendrais bien une aussi pour moi)... Puis je cherche Camille. Disparue. Je continue donc mon shopping tour, attrape des boucles d'oreilles en forme d'étoiles, de petits bracelets en bois (je portais les mêmes cet été), une robe, une écharpe, un bonnet, des jambières rayées (j'adore les rayures), une jupe à pois (j'adore les pois)... Tout à coup, j'aperçois Camille qui me fait signe et me rejoint. Moi, ravie de mes trouvailles, je lui fais l'article :

— Tu as vu, c'est beau, hein, ça t'irait super bien, et regarde ça, c'est pas top ? J'adore vraiment les rayures ! Et cette jupe à pois, c'est exactement ce qu'il te faut.

— Bon, je vais essayer mes trucs, me coupe-t-elle sans avoir jeté un coup d'œil sur les affaires que j'ai choisies.

J'insiste : Essaye ça, je suis sûre que...

Camille se tourne alors vers moi, excédée : Maman, excuse-moi, mais au cas où tu ne l'aurais pas remarqué, je déteste les rayures, les pois, ma couleur préférée est le vert, et c'est pas du tout ce qu'on porte en ce moment.

Impression désagréable que la réplique a été soigneusement préparée.

— Mais tu peux quand même...

— Non, c'est toi qui devrais essayer tout ça, c'est plus ton genre.

Je la poursuis jusqu'aux cabines en élevant la voix :

— Et c'est quoi mon genre ?

Camille me regarde, soudain gênée.

— Ben, c'est plus de ton âge. Puis, avec un grand sourire : Ah, y a Margot là-bas, je lui avais dit que je venais ici cet aprem', je vais lui dire bonjour.

Moi, énervée, fatiguée, vexée : Écoute, je vais boire un café en face, tu me rejoins quand tu as fini ?

— Okay mamoune…

Okay mamoune, okay mamoune, je n'en peux plus de ses okay mamoune.

Me dirige vers le bar, et là sens le regard d'une femme posé sur moi. Mon âge ? Plus ? Elle me scrute, me dévisage. Ai l'étrange sentiment d'être mise aux enchères à Drouot, détaillée, soupesée, estimée, elle veut savoir si je suis plus ou moins jeune qu'elle, c'est sûr. Ça aussi c'est nouveau, ces regards féminins qui me jaugent comme une marchandise. Je les surprends de plus en plus souvent. Menaçants.

Trois cafés et une heure plus tard, je suis sur les nerfs quand Camille me rejoint, surexcitée.

— Regarde mamoune ce qu'on a choisi avec Margot.

Elle vide son sac sur la table, et là je vois un lot de dix strings, trois soutiens-gorge, deux débardeurs, un pull. Le tout vert… effectivement…

Moi, à peine aimable : C'est nouveau les strings ?

— C'est mieux sous le jean… T'as pas l'air contente…

— Ça ne te dérange pas trop de me faire attendre pendant une heure comme une conne ? je crie, hors de moi.

— Mais j'avais donné rendez-vous à Margot !

— Justement, il fallait me prévenir que je venais juste pour faire le chauffeur, bon on y va maintenant !

— Mais mamoune !

— Arrête avec tes mamoune, tu me gonfles, vous me gonflez tous !

Nous n'avons pas décroché un mot sur le trajet du retour. Pour une fois, on n'écoute pas Skyrock dans ma C2. Je mets TSF Jazz à fond. Plus envie d'entendre ma fille.

Plus tard à la maison, vautrée sur mon lit :

— Elle t'a déjà fait ça Lisa ?

— Tu plaisantes ! s'exclame Sonia. Elle me trouve bien trop vieille pour faire du shopping avec elle… Elle y va avec ses copines.

— Je n'en reviens pas. C'est la première fois qu'elle me fait un truc pareil.

— Ben, prépare-toi, ça ne va pas s'arranger. Lisa m'a prévenue qu'elle allait au ski avec des amis à Noël… Elle s'ennuie avec nous…

— Mais on est si vieilles que ça ?

— Apparemment. Si tu veux, on peut se faire une petite virée shopping entre vieilles ce week-end ?

RÉCAPITULONS

Faire du shopping est une vocation, une deuxième nature, notre antidépresseur le plus efficace, un défouloir inoffensif. Nos chères mamans nous ont inoculé ce gentil venin qui, à tort ou à raison, ne nous quitte que très tard, disons vers 80 ans.

Faire du shopping, c'est comme :

1. *jouer à la poupée Barbie*, comme quand on était petites filles et qu'on habillait et déshabillait nos pauvres poupées auxquelles on avait coupé les cheveux ou arraché une jambe au préalable (l'équivalent du foot pour les garçons) ;

2. *sortir entre copines*, comme lorsque nous étions jeunes (encore l'équivalent du foot pour les garçons) ;

3. « *dé-penser* », autrement dit, arrêter de penser aux soucis de la vie en général (toujours l'équivalent du foot pour les garçons. À une nuance près, pour eux il s'agit de *se dé-penser* : forme pronominale égocentrée).

Alors, pourquoi nous battre ?

Puisque nous savons que le shopping, névrose obsessionnelle, ne nous quittera pas de si tôt, autant réunir les conditions idéales pour que ces trois heures volées au quotidien soient harmonieuses et ne tournent pas au calvaire.

Règle n° 1 :

Cessez de penser que la copine idéale pour faire du shopping, c'est votre fille. Je sais, c'est douloureux. Lorsque la petite Iris avait six ans, vous rêviez du jour où vous feriez les magasins ensemble... Ah, ces bons moments que vous alliez partager, ces belles petites tenues que vous alliez lui conseiller... Cette tendre complicité... À moins d'avoir fabriqué une extraterrestre, toutes les jupes, robes, pulls que vous allez lui suggérer seront nuls. Iris, 1,72 mètre, 18 ans, vous regardera avec des yeux de veau extrêmement explicites, « Maman, on n'a pas le même âge, tu es à côté de la plaque ».

Bref corollaire à la règle n° 1 :

Pour peu qu'au cours de cette même shopping party vous croisiez le regard d'un beau mec qui ne vous a même pas vue mais qui en revanche fixe votre fille avec insistance, vous risquez de devenir nerveuse avec la petite Iris qui à six ans était si mimi et qui maintenant est si grande...

Règle n° 2 :

Évitez impérativement de vous lancer dans la course au sac de vos rêves le mercredi ou le samedi après-midi. En effet, dès 13 heures, toutes les sœurs jumelles de votre fille, entre 15 et 25 ans, sortent de cours et prennent d'assaut vos boutiques préférées. Vous savez comme moi qu'un trop-plein de jeunesse peut être fatal à votre santé mentale et vous conduire à une réflexion néfaste sur les ravages de l'âge.

Règle n° 3 :

Pensez positif. Vous n'êtes pas trop vieille pour vous acheter cette petite jupe écossaise hyper-branchée que vous avez repérée dans le dernier féminin piqué à votre fille. C'est le fabricant qui n'a rien compris, si la jupe avait été bien coupée, pas en 100 % lycra, un brin plus longue, vous l'auriez achetée illico.

Règle n° 4 :

Soyez réaliste : Cela fait dix ans que vous dites faire du 38, et chaque fois que vous essayez un jean en 38, une montée de haine vous submerge lorsque, à mi-cuisse, le jean décide sans vous consulter qu'il n'ira pas plus haut. Au lieu de dire à votre copine : « Je ne comprends pas pourquoi ça ne rentre pas, les tailles ne sont plus de vraies tailles » (sous-entendu, quand j'étais jeune), admettez-le, vous faites un 40…

Ou mettez-vous au régime, et vous ressentirez une bouffée de bonheur en rentrant de nouveau dans votre jean « de référence » (on a toutes un jean de référence que l'on garde soigneusement au fond du placard) que vous portiez à 35 ans !

MENSONGES ET TRAHISONS, FIN ?

**9 septembre. M'agite dans mon lit depuis
4 heures du matin.**

Cogite depuis 5. Prends ma décision à 6.

L'heure est aux aveux.

Commence par les enfants...

Liste des choses à faire :

— Cesser de manger de la mortadelle à tout
bout de champ. Elle me reste sur l'estomac à
chaque fois.

— Comprendre pourquoi j'ai rêvé cette nuit
que le sol du salon était en sables... mouvants.

J'ai cueilli Ethan comme une cerise à son
retour de l'école.

— Il faut que je te parle.

La vague inquiétude que je lis dans ses yeux ne
l'empêche pas de s'affaler sur le canapé.

— Ethan, regarde-moi. J'ai quel âge ?

Lui, sans sourciller : 42 ans.

— Non, mon âge véritable.

— 42 ans.

— Bon, c'est fini cette histoire. Je sais que tu voulais me faire plaisir, mais maintenant c'est fini. J'ai 46 ans.

Yeux ronds d'Ethan : Ah bon, tu veux plus avoir 42 ans ?

— Non, Ethan, c'est pas que je ne veux plus, c'est que je n'ai pas 42 ans…

— Mais c'est pas très grave, maman, je peux continuer à dire que tu as 42 ans. 46 c'est trop vieux…

— Merci, Ethan, mais il faut accepter de vieillir… C'est la vie. Et ce n'est pas bien de mentir. J'ai fait une bêtise en te demandant ça.

— Oh, mais ça me dérange pas, moi aussi je mens sur mon âge…

— Mais pourquoi ? Tu es un encore un bébé, tu n'as pas besoin de faire ça…

— Ah non, moi c'est l'inverse, je dis que j'ai 14 ans aux grands de 3ᵉ pour qu'ils arrêtent de me dire que je suis un gamin.

Moi, inquiète, comme si je lui avais transmis une maladie incurable : Et dans ta classe, tu dis quoi ?

— Mon vrai âge !

— Bon, Ethan, désormais, tous les deux on va arrêter de mentir, d'accord ? Moi j'ai 46 ans, et toi, 13…

— Mais maman…

— Il n'y a pas de mais. On ne choisit pas son âge. Il faut… assumer, c'est extrêmement important, un point c'est tout.

Prenant son sac à dos et montant dans sa chambre, il s'offusque :

— Toi, c'est quand ça t'arrange… Je te signale qu'à l'école je ne suis pas le seul à dire que j'ai 14 ans aux plus grands. Jaouad et Clément aussi.

Je n'ai pas bougé, suis restée plantée là à me demander si c'était moi qui lui avais mis des idées pareilles dans la tête ou si chacun avait ses petits arrangements personnels avec le temps, quand tout à coup me revient en tête le cauchemar de cette nuit. Les sables mouvants... Évidemment... Arrêter de mentir. Me dévoiler. J'ai tellement peur que le sol se dérobe sous mes pas... Camille qui déboule dans le salon me sort de mes découvertes :

— Salut, mamoune !

— Ah, tu tombes bien, assieds-toi, il faut que je te parle.

— Ils t'ont pas déjà appelée du lycée quand même ?

— Non, pourquoi ?

— J'ai séché le cours d'anglais.

— On s'en fout. Camille, tu n'as plus besoin de dire à tes copines que j'ai 42 ans.

— 43.

Moi, très lasse tout à coup : Ah, toi c'était 43 ? Bref, je suis fatiguée de mentir sur mon âge.

— Maman, ça fait longtemps que Flore, Ambre et Margot connaissent ton âge.

Moi, soudain sur le qui-vive : Ah bon ! Et qu'est-ce qu'elles ont dit ?

— Elles étaient pétées de rire...

Moi, sur la défensive : Ah bon, et qu'est-ce qu'il y a de si drôle ?

— Leurs mères font pareil. Mais tu sais, mamoune, moi c'est pire, les garçons ne me croient pas quand je leur dis que j'ai 16 ans...

— Ils te donnent moins ou plus ?

— Ben, ça dépend, de face avec des talons ils me donnent 20, et de dos il paraît que je fais carrément la trentaine…

Moi, l'angoisse au ventre : Et tu fais quoi pour faire 30 ans de dos ?

Camille se marre comme une bossue.

— J'sais pas, mais c'est chiant quand un mec me drague, c'est limite le contrôle d'identité. Et quand je lui dis que j'ai 16 ans, le mec me regarde, s'en va et ne m'adresse plus la parole de toute la soirée…

Moi, lestée d'un poids énorme : Tant mieux !

RÉCAPITULONS

Premier pas vers la guérison. Avouer mon âge a sans doute été l'exercice le plus difficile… et le plus libérateur que j'ai eu à affronter ces derniers mois. Bravo, Alice… Pardon, je ne peux pas m'empêcher de m'autocongratuler, si vous saviez, je me sens tellement soulagée !

PASSER AUX AVEUX (SUITE)

11 septembre. Ce cauchemar... Ai l'impression que Wish et ses antidépresseurs me rendent nerveuse. À moins que ce ne soit cette décision que je viens de prendre. Avouer mon âge... À mes enfants, c'est fait. Mais aux autres ? Est-ce vraiment nécessaire ?

Liste des choses à faire :
— Penser à ne plus jamais m'endormir.
— Vérifier l'âge d'Arielle Dombasle.
— Avouer à Marie, ma voisine, que je n'ai pas son âge.

— *Je promets de dire la vérité, toute la vérité. Je le jure. Oui, j'ai menti. Oui, je suis coupable. Non, je ne le ferai plus.*
— *Un an de prison avec sursis, 10 000 euros d'amende... Vous avez de la chance, déclare le juge. Votre famille, vos amis, vos collègues ont retiré leur plainte, vous êtes libre.*
— *Mais je ne suis pas la seule monsieur le juge, les autres aussi.*
François me secoue.
— Hé, ça va ?

Suis à genoux, la tête dans les mains, par terre à côté du lit.

— *On ment toutes !*

— Réveille-toi, tout va bien.

Me relève, les cheveux ébouriffés, la tête à l'envers.

— J'ai fait un horrible cauchemar...

« Une tisane à la vervcine le soir afin de tempérer les effets des antidépresseurs », m'a conseillé Wish au téléphone. Tu parles, une tisane ! C'est de la morphine à haute dose qu'il me faut pour éviter ce type de cauchemars. En tout cas, à force de me réveiller à 5 heures du matin, c'est sûr, je gagne du temps sur la vie. C'est déjà ça de pris. Et là je peux gamberger tranquillement. Personne pour me déranger.

Oui, on ment toutes.

Nous nous arrangeons avec la réalité.

Et si à 25 ans j'étais très fière d'annoncer mon âge, à 35 j'ai commencé à grignoter un an par-ci, un an par-là. À 40, j'ai supprimé deux ans en toute tranquillité. Depuis, je suis passée à quatre, cinq années en fonction de mes interlocuteurs. Et là, c'est injouable.

Ce qui me conduit directement sur Internet. Arielle Dombasle aurait seulement cinq ans de plus que moi... J'ai du mal à le croire. Il faut que je vérifie. Et là j'apprends – tout le monde a l'air d'accord sur la toile – qu'elle est née un 27 avril. En revanche, pour l'année, j'obtiens quatre dates de naissance différentes : 1953, 1955, 1957, 1958. Valérie Lemercier, elle, serait soit de 1961, soit de 1963 ou de 1964, etc. Oui, nous sommes toutes incorrigibles…

Pourquoi aller avouer à Marie que j'ai trois ans de plus qu'elle ? Peut-être ment-elle aussi…

— Excuse irrecevable, me souffle la nouvelle Alice. Allez, vas-y.

Je déboule chez Marie, décidée à me mettre à nu.

— Tu tombes bien, j'allais passer te voir justement !

— Tu m'offres un thé ?

Marie me sert :

— Yes, ça y est, Anne a accouché.

— Génial, une fille, un garçon ?

— Une fille, heureusement elle a déjà deux garçons.

— Ils sont âgés d'ailleurs, non, les garçons ?

— Oui, ils ont 20 et 24… et figure-toi que cette folle a quand même 46 ans.

Moi, plus très sûre de vouloir manger le morceau : Oui et alors, c'est pas grave…

— Oui, enfin enceinte à 46 ans, c'est pas cool… Mais bon, la petite va bien. C'est le principal.

Le nez plongé dans mon bol de thé, je réfléchis. Avoue-je ou n'avoue-je pas ?

Plonge :

— Tu sais, moi j'ai 46 ans aussi…

— Oui, mais t'es pas enceinte ?

— Ah non, non ça ne risque pas…

Et blablabla. La conversation s'est poursuivie comme si de rien n'était.

Mon âge, Marie s'en fout.

RÉCAPITULONS

À toi Marie qui pensais que j'avais 40 ans, à toi Lulu qui savais mais ne disais rien, à Sam qui m'en donnait 42, à Fred et Val qui pariaient sur 43. À vous, je ne demanderai pas pardon, faut pas exagérer quand même. Disons que je vous ai donné carte blanche. Souvenez-vous, dès que la question de mon âge venait sur le tapis, je vous demandais : « À votre avis ? » Et à chaque réponse, je lançais un « Vous avez l'œiiiiil ! ».

MON PASSEPORT ? UN COMPLICE...

12 septembre, 8 heures. Ai dormi douze heures d'affilée. Mari et enfants ont déserté la maison. Sans me réveiller. Ma conscience est plus légère. Pourtant, je n'en ai pas fini avec mes petits arrangements. Loin de là. En ai un particulièrement gratiné... Me couvre la tête avec la couette, submergée par la honte.

Liste des choses à faire :
— Penser à faire refaire mes papiers d'identité.
— Appeler Virginie dès que j'aurai fini ce chapitre.

Ma grande copine au bureau, c'est Virginie. Corse, grande gueule, la trentaine, 1,80 mètre, 80 kilos, directrice artistique du journal. Je l'adore. Il y a quelques mois, elle me coince dans le bureau et me dit : « La photo de ton édito est moche, il faut en changer, en faire une belle avec un bon photographe au lieu de prendre tes photos vieilles de dix ans ! » Et là, je lui tends mon passeport que je viens de faire renouveler avec une photo immonde.

« C'est toujours mieux que ça ! » Elle, épatée : « T'es née en 69 ? Mais t'es super jeune !!! » Je n'ai pas osé lui dire...

Lui dire que.

Flash-back. Nous sommes en 1998. Je m'aperçois que ma seule pièce d'identité, à savoir mon passeport, est périmée au moment de partir en Espagne. En toute hâte (il s'agit d'un déplacement professionnel), je fais refaire mon passeport à la préfecture et je constate que l'administration s'est trompée. Je ne suis plus née en 1963 mais en 65. Une aubaine.

Dix ans plus tard. Nous sommes en 2008, mon passeport expire à nouveau. Et là je plaisante avec François : « Ce serait marrant de truander les dates...

— T'es vraiment une gamine. Tu vas avoir des problèmes, un de ces jours.

— Ils ont commis l'erreur une fois, il ne s'est rien passé. Je ne vois pas ce que ça change si c'est moi qui remplis mal mes dossiers, ça peut arriver...

— Tu es dingue, tu dois jurer sur l'honneur que tes déclarations sont exactes, sur leur papier.

— Si je me fais attraper, je pourrai toujours leur dire qu'il s'agit d'un acte manqué. Et puis, aux anges : Changer un 5 en un 9, c'est l'enfance de l'art.

Quelques jours plus tard, je me retrouve à la mairie, François m'a convaincue. Qui va croire que je suis née en 69. De toute façon, c'est débile.

Arrive mon tour. J'ai tout, mes photos, la photocopie de mon précédent passeport, le passeport lui-même, mes quittances de loyer, etc. La fille me tend le formulaire à remplir. Et je commence, nom, prénom, date de naissance… et je ne sais pas, ma main se met à écrire toute seule « 1969 ». Idem sur mon passeport où je n'ai qu'un tout petit trait à faire… À côté des battements de mon cœur, les concerts à la batterie d'Ethan dans la cave c'est de la rigolade. Je fais un boucan d'enfer. Suis déjà en garde à vue pour faux et usage de faux, imagine les enfants me rendant visite…

Puis me calme un peu. Après tout, si la fille, Corinne (c'est écrit sur son badge), me demande quoi que ce soit, je me confonds en excuses, recommence et puis c'est tout…

Rien.

Elle me remercie (à peine), prend le tout et, sans même me regarder : « Il sera prêt dans quinze jours. Suivant ! »

Et voilà comment depuis un an, j'ai 40 ans.

RÉCAPITULONS

Mentir sur son âge est une addiction. Plusieurs causes peuvent être à l'origine de cette habitude prise selon les femmes à partir de 30, 40 ou 50 ans :

— *Vous vous êtes toujours trouvée trop vieille* et pensez qu'en avouant votre âge réel, la personne en face de vous (homme, femme, enfant) va tourner les talons et ne plus jamais vous adresser la parole. Vous êtes comme moi, coupable, victime d'un traumatisme aussi vieux que vous, ou presque, qu'il faut identifier, et pour cela revenir à vos jeunes années.

— *Vous disiez adorer votre jeune sœur*, alors qu'en fait votre pistolet à eau pointé sur elle, vous rêviez de la supprimer. Les « Qu'elle est mignonne, comme elle est vive, elle a l'air de comprendre tout ce qu'on dit » vous ont tapé sur le système. C'est bien légitime.

— *Vous aviez 4 ans, quand votre père* a eu le malheur, en feuilletant votre album de naissance, de dire : « Là, regarde comme tu étais mimi. » Dans votre esprit de petite fille, le sous-entendu est clair : « Maintenant, ce n'est plus le cas. »

— *Votre mère allaitait votre petit frère (6 mois)* et commentait à sa copine sur le ton de la confidence : « Ce que je préfère, c'est quand ils sont bébés… » Pas de chance, vous étiez dans les parages.

— *Votre mère ment sur son âge depuis toujours*. Refuse qu'on lui souhaite son anniversaire. Petite, vous ne compreniez pas pourquoi elle faisait cela, mais prendre un an avait l'air d'être une catastrophe, un sujet tabou. Cela vous est resté et vous faites comme elle.

— *Votre mère s'est retrouvée seule, abandonnée pour une femme plus jeune*. Elle vous répète donc depuis toujours qu'il faut être plus jeune que son mari pour le garder. Idée fixe qui vous obsède et vous fait haïr les femmes qui ont cinq ans de moins que vous… et surveiller votre mari comme s'il allait se précipiter sur la première « jeune » venue.

Conclusion : Ce type d'actes ou de phrases a priori anodines restent gravés. Vieillir est

une faute grave. Et chaque année ajoute à votre culpabilité. Réagissez :

Vous êtes du type extrême. Dans ce cas, la cure de désintoxication radicale est pour vous : ce livre refermé, envoyez un mail rectificatif avec toutes vos excuses à vos amis, proches, collaborateurs, avec en caractère gras, corps 24, votre nouvel âge.

Vous n'êtes pas prête à franchir le pas. Un régime progressif s'impose. Commencez par prononcer votre âge devant... le miroir de la salle de bains. Puis attaquez-vous à votre voisine sourde comme un pot. Ensuite, parlez-en avec naturel à votre boucher, monsieur Lebœuf, et à votre fromager, qui vous adore et vous trouve si sexy, etc.

Au bout de quelque temps vous ne vous rendrez même plus compte que vous avez accepté votre grand âge...

Très important : N'oubliez pas de changer d'âge à votre prochain anniversaire. Une récidive est toujours possible pour une ancienne menteuse addict.

LA MAIN DANS LE SAC

13 septembre. Suis enfin en paix avec moi-même. Mais suis convoquée par Madame le proviseur et deux professeurs d'Ethan. Ne sais pas pourquoi. M'attends à tout. Enfin presque...

Liste des choses à faire :
— Réaliser que pour la plupart, mes interlocuteurs sont désormais plus jeunes que moi en dehors de madame Chalard, ma voisine, et de Mohamed, mon épicier.
— Relire les aventures de Pinocchio. Ne me souviens plus de la morale de l'histoire.
— Enduire mon nez d'arnica trois fois par jour.

Ne suis pas fan des réunions au collège. Crois que ne m'y suis jamais rendue en fait. C'est François qui s'y colle. Il est très études... Pourquoi m'avoir appelée moi ? Impossible de le savoir. Ethan refuse de parler. Muet, maussade, il me guide dans son collège flambant neuf. Salle 212. Je passe la tête par la porte. Vois trois jeunes qui s'esclaffent.

— Ils ne sont pas encore là. On va attendre ici.

Les mains dans les poches de son jean d'où s'échappe subtilement son caleçon, il me toise.

— Mais si, je les entends.

— Mais non, Ethan, ce sont des gosses !

À son tour il passe la tête par la porte, sort non-chalamment la main de sa poche et la tend vers la salle.

— Non, elle c'est la proviseur, et eux, mes profs.

— Merde ! Ils sont super jeunes ? dis-je à voix basse.

— Entrez, entrez. Asseyez-vous…

Suis commotionnée. Nous voici assis en face de trois enfants. Ils pourraient être les miens, en tout cas.

— Voilà, nous vous avons fait venir parce que Ethan s'est battu.

— Ethan ?

Il baisse la tête, balance ses jambes, ne répond pas.

— Votre fils, m'explique la proviseur, a frappé son camarade Jaouad dans la cour.

À lui : Mais c'est ton meilleur ami ? À eux : Il n'a rien de grave, au moins ?

— Non. Mais nous voudrions comprendre… Et savoir si quelque chose s'est produit chez vous…

— Euh, non…, dis-je, déstabilisée par ce tribunal dont la moyenne d'âge est de, disons, 30 ans. (Cherche dans ma tête.) Je suis en congé mala-die… mais à part ça, je ne vois pas. Ethan, qu'est-ce qui t'a pris ?

— Je ne peux pas dire… Tu vas m'engueuler…

— Gronder, Ethan, gronder… Dis-nous… Je ne vais pas t'en… me fâcher, je t'assure.

Quatre paires d'yeux sont fixées sur le coupable.

— Enfin, accouche, Ethan.

— Je te dis que tu vas m'engueuler…

— Excusez-nous, je ne vois pas du tout de quoi il parle.

Les trois se regardent d'un air entendu, comme si je battais mon fils après avoir ingurgité deux litrons de rouge.

— Écoutez, tout ça est ridicule. Ça suffit maintenant. Dis-nous.

— C'est à cause de ton âge.

Fais semblant de ne pas comprendre. Lève le nez vers mes juges, l'air idiot. Suis coincée. Continue, l'air de rien : Oui, et alors ?

— J'ai dit à Jaouad ton vrai âge comme tu me l'avais conseillé, et il a commencé à dire que t'étais une vieille…

Le rouge me monte au visage. Prise en flag, poursuis comme je peux :

— Mais c'est pas une raison pour…

— Ben si, il arrêtait pas de répéter devant tout le monde : « Ta mère c'est une vieille, ta mère c'est une vieille… » Puis il me regarde et explose : Tout ça, c'est à cause de toi, avec tous tes âges différents, moi je suis perdu !

L'humiliation.

La proviseur se lève, me sourit, compatissante. Le mot « HONTE » s'affiche en gros caractères sur mon front, me sens aussi humiliée que Hester Prynne, l'héroïne adultère de *La Lettre écarlate*. La proviseur lance à Ethan :

— Bon, eh bien l'affaire est réglée. Je vais parler à Jaouad. Et je te promets, plus personne ne t'embêtera avec ça…

À la fois reconnaissante, honteuse, stupide, confuse, je remercie la proviseur. Salue les deux profs. Quitte le bureau, Ethan sur les talons. Me retourne pour leur faire un petit signe, juste le temps d'entendre : « Attention, maman, la porte ! » Trop tard, me la prends en pleine figure. Mon nez... Cette douleur... Cette putain de porte vitrée.

Bien fait pour toi, Pinocchio.

RÉCAPITULONS

Certes, le ridicule ne m'a pas tuée mais mon nez, naturellement long, grossit à vue d'œil malgré la couche d'arnica que j'ai étalée sur mon appendice. J'ai eu deux confirmations aujourd'hui :

1. La vérité ne sort pas forcément de la bouche des enfants, mais finit toujours par vous éclater à la figure.

2. Généralement, cette épreuve se produit au moment où vous vous y attendez le moins, et devant témoins. Mon Ethan à moi a fait très fort. À l'heure qu'il est, tout le collège sait que je ne supporte pas de vieillir. Profs, élèves, surveillants, assistante sociale, cuisiniers, femmes de service... Quoi ? mille personnes !

Je veux bien avouer mon âge, mais de là à faire passer une circulaire dans Colombes.

Bien vu, Alice.

Un conseil : ne faites pas porter à vos Ethan chéris des secrets inutiles.

TROP CHEUM LA DARONE !

15 septembre. Rien de pire pour se sentir trop vieille que d'écouter aux portes. Ai surpris une conversation entre Ethan et Clément : n'ai presque rien compris, si ce n'est que, comme daronne, je sers à rien.

Liste des choses à faire :

Ai le choix entre plusieurs attitudes :

— Accepter qu'Ethan soit polyglotte, même si sa première langue ne fait pas exactement partie de celles enseignées au collège.

— Ne plus dire à Ethan que le latin est une langue morte. Lui expliquer que c'est de l'argot parlé par les Romains en moins 50 avant Jésus-Christ.

— Suivre des cours particuliers pour communiquer avec lui.

Je bois tranquillement un thé dans ma chambre lorsque je surprends dans mon bureau, devenu la salle de jeux d'Ethan, une conversation entre mon petit garçon modèle et ce dévergondé de Clément. Colle mon oreille au mur :

Ethan : Alors, c'était starlough* samedi soir ?

Clément : C'était flingué* mon pote !

Ethan : T'as même pas pu tarot*, je parie !

Clément : Nan ! Y avait que des bolosses* ou des thons* !

Ethan : Mais mec, au tel tu m'avais dit que c'était dar*.

Clément : Trop pas en fait c'était pété*.

Ethan : Y avait à damer* au moins ?

Clément : Que dalle, y avait que de la tise*, et tout le monde était déchiré !

Ethan : Y a quelqu'un qu'a béger* ?

Clément : Tout le monde, en plus j'ai trop l'seum*, y a un enfant de la Dass* qui m'a gerbé dessus !

Ethan : Tu t'es couché à quelle heure ?

Clément : J'avoue j'ai pas dormi, chui faya* !

Ethan : Ah ouais mec, en fait la soirée elle puait la défaite*.

Clément : Ouais, y avait que des SEGPA*...

Ethan : Mais les darons*, y z'étaient où ?

Clément : Ils sont allés se faire un plan boules* à l'hôtel et ils ont débarqué à 10 heures. C'était le dawa*... Sa mère elle est cheum*, elle nous a pété les couilles.

Ethan : J'avoue elle sert à rien*...

« Elle sert à rien... » Enfin, une phrase qui me parle et qui soudain fait un drôle d'écho en moi.

La solidarité avec cette pauvre mère de famille l'emporte sur ma curiosité malsaine. Entre dans le bureau, remontée furibonde.

— Mais c'est quoi cette façon de parler, vous êtes des malades !

— Ben quoi, on discute avec Clément.

— Je n'ai jamais entendu des horreurs pareilles... C'est quoi cette langue ?

— Clément me raconte sa soirée de samedi. Tu pourrais lui dire bonjour.

— Tu vas me donner des leçons de politesse, en plus ? Et vos profs ne vous disent rien ?

Clément : Bonjour, madame, on ne leur parle pas comme ça aux profs, on n'a pas envie de se prendre des heures de colle.

— SEGPA, dawa, faya, c'est quoi ces mots ?

— Tu parlais bien le verlan à ton époque.

— Certainement pas.

— Clément, peux-tu nous laisser, je dois parler à Ethan en tête à tête ?

— No blem, je m'arrache.

— Clément, considère-moi comme une prof. Ne me parle pas comme ça, d'accord ? Puis à Ethan : Et toi, ne bouge pas de là.

— Maman, tu m'fous la rage, là !

— Oui, eh bien toi, tu vas te calmer et me parler sur un autre ton.

— Mais, maman, je ne t'ai jamais manqué de respect. J'ai jamais dit que t'étais perchée* ou que tu puais le cimetière*. Jamais je parlerais de toi comme ça…

— Tu ne peux pas savoir à quel point je suis flattée, Ethan. Tu connais la différence entre le langage soutenu et le langage familier ?

— Évidemment ! « Ouais » c'est familier, « volontiers » c'est soutenu… « daronne » c'est familier, « génitrice » c'est soutenu…

— Génitrice ? Quelle horreur !

— J'en ai un autre. Naze et bolosse…

— Ethan ! Va dans ta chambre, prends une feuille et fais-moi une liste de cinquante mots familiers avec leur équivalent en langage soutenu. Dépêche-toi !

— Cinquante ? Mais c'est impossible…

— Grouille !

— C'est vachement soutenu ça…

— Tu me fatigues, déguerpis, j'te dis !

Son sac sur le dos, et ses perfusions (multiples fils qui le relient à son portable, à son iPod et aux chargeurs divers et variés) rebranchées, Ethan quitte le bureau en marmonnant :

— T'es vraiment pas sympa en ce moment…

— C'est ça un daron, que veux-tu…

— Non, au féminin, c'est daronne.

RÉCAPITULONS

Trop vieille pour entendre de pareilles horreurs ? Sentiment d'être exclue ? Fossé entre les générations ? Vous aussi avez semé vos parents avec le verlan, le javanais…

Plusieurs solutions s'offrent à vous :

— *Apprenez leur dialecte, cela vous permettra*, lorsqu'il aura les félicitations, de nouer une certaine complicité avec votre enfant. Dites-lui très naturellement : « Ton bulletin, Charles-Henri, trop dar ! » Vous serez immédiatement récompensée par un : « Merci, daronne » flatteur qui vous mettra du baume au cœur.

Reprenez-le systématiquement lorsqu'il utilise ces termes barbares, sans avoir l'air de tomber des nues.

Formez-le à la culture qui a bercé votre adolescence en lançant une série de citations de Michel Audiard, qu'ils ne manqueront pas de noter dans leurs cerveaux pleins de mémoire à 10 bits, telles que :

« Les cons ça ose tout, c'est même à ça qu'on les reconnaît… »

« Alors ? Y dors le gros con ?… Bah, y dormira encore mieux quand il aura pris ça dans la gueule ! Il entendra chanter les anges le gugusse de Montauban… Je vais le renvoyer tout droit à la maison mère… Au terminus des prétentieux. »

« Moi quand on m'en fait trop j'correctionne plus, j'dynamite… j'disperse… et j'ventile… » (*Les Tontons flingueurs* (1963) de Georges Lautner.)

Lexique à usage des trop vieilles mères réalisé avec l'aide de Camille, Ethan et Clément, que je remercie pour leur collaboration trop d'la balle :

C'est starlough : c'est mortel/c'est très bien.

C'est flingué : c'est nul.

Tarot : verbe indéterminé, faire l'amour.

Bolosses : nazes/cons/imbéciles.

Thons : mochetés/laiderons.

C'est pété : c'est nul.

Damer : manger.

La tise : l'alcool.

Être déchiré : être bourré/être saoul.

Béger : vomir.

Avoir le seum : avoir la rage/être énervé.

Être un enfant de la Dass : être un chieur.

Être faya : être fatigué.

Puer la défaite : être nul.

Être un SEGPA : être un trou-du-cul/un abruti.

Les darons : les parents. Ma daronne (ma mère), mon daron (mon père).

Un plan boules : un plan cul.

Le dawa : le bordel/le désordre.

Être cheum : être moche/laid.

QUESTION DE SURVIE

16 septembre. Vie de famille néant. Quotidien pesant. Amour pour mon prochain vacillant. Sexe inexistant.

Liste des choses à faire :

— Penser à gifler Camille au prochain haussement d'épaules.

— Trouver un pensionnat pour Ethan loin de Colombes. Il a perdu 3 kilos en faisant le ramadan comme son ami Amin.

— Songer à quitter François. Ne sais plus si je suis sa copine, sa sœur ou son employée de maison.

Ma voisine Carole, avocate, 49 ans, mère de six enfants, épouse exemplaire depuis vingt ans vient de planter mari et élevage la semaine dernière et s'est pris un studio… « Je ne les abandonne pas, me dit-elle, je sauve ma peau… »

Le soir, je raconte l'affaire à François, qui ne lève pas les yeux de son sudoku expert.

— Quel égoïsme ! Faire six enfants et quitter tout comme ça, quelle inconscience, tes copines sont folles... Carole, elle est pas toute jeune, elle n'est pas près de retrouver un mec.

— Elle n'a que trois ans de plus que moi...

— C'est ce que je disais, elle n'est plus toute jeune...

Fin de la discussion. Je prends mon *Millénium* tome 1, page 12, m'endors dessus page 12.

5 heures du matin, je me réveille en sueur. Un rêve. J'annonçais à François et aux enfants que je partais vivre ailleurs, que c'était mieux comme ça, et ils me suppliaient de rester : « Mais comment on va faire pour les courses, les repas, la vaisselle... ? »

C'est sûr. Carole et son nouveau destin me travaillent.

Deux heures plus tard, dans la cuisine, encore troublée par ce sale rêve, oublie de mettre en pratique mon programme « sans moi ». Je prépare le chocolat chaud, les petits pains d'Ethan, le thé au lait et les céréales de Camille, le café noir de François, et je change la litière de Félix... Ethan me rappelle la réunion parents-profs pour son voyage en Écosse : « N'oublie pas, mamoune, c'est à 20 heures. » Camille part, mon gilet en cachemire sur le dos, mon sac préféré sur l'épaule, mes boots Sartore aux pieds. Je respire un grand coup. Je ne dis rien, sinon je la tue. Puis François me tend ses poignets et ses boutons de manchettes, retourne au sudoku qu'il n'a pas fini la veille et me dit en partant :

— J'ai plus de shampoing. Bonne journée, ma belle...

Et là, je comprends. Carole n'est pas égoïste.

Carole sait compter. 49 + 10 = 59. Quand elle aura 59 ans, sa petite dernière aura 4 + 10 = 14 ans. L'aînée, 20 + 10 = 30 ans. Pas besoin d'aller plus loin pour comprendre. Carole, dans dix ans, sera mère d'une ado et grand-mère d'un enfant qu'elle emmènera le mercredi au foot, puis au tennis, puis au hockey sur glace, pour dépanner sa fille...

La sonnerie de mon iPhone troisième génération me sort de mes calculs. C'est François.

— Oui, je suis là ce matin (livraison Savour Club). Oui, j'irai les chercher cet après-midi (les capsules Nespresso). Le pressing, bien sûr (ses costumes). Oui, moi aussi (je l'embrasse).

Et le « Bonne journée, ma belle », deuxième édition me donne la nausée.

Une goutte d'eau s'écrase par terre. Puis une deuxième. Je regarde le plafond. Rien. C'est moi. Je pleure. Inconsolable.

Réalise que Carole n'est pas inconséquente.

Un petit studio...

Ma tribu dont j'étais si fière il y a dix ans – Camille avait 6 ans, Ethan 3, et moi 35 – ne ressemble plus à rien. Chacun fait sa vie et c'est normal. Ethan et Camille vont partir. François aussi.

À moins que ce ne soit moi...

Un petit studio... MES bouquins, MON ordi, MES pinceaux.

Ma gueule.

RÉCAPITULONS

Nous sommes face à un grand classique.

La crise de la trentaine est joyeuse : on a toute la vie devant soi. Celle de la septentaine fatale : on a toute la vie derrière soi. Entre les deux, il y a celle de la quarantaine ou, pour les retardataires, celle de la cinquantaine, voire de la soixantaine.

Entre 40 et 60 ans, nous sommes au milieu de nulle part. Une prise de conscience où le sentiment d'urgence est lancinant, menaçant, où se tromper de voie vous tétanise : doit-on continuer sur l'autoroute ou prendre la prochaine sortie ?

Quatre cas d'école :

1. *Comme Carole, vous avez consacré votre vie entière à votre famille et à votre travail, et vous ne savez plus dans quel carton vous vous êtes rangée.*

Vous vous prenez par la main et vous allez vous chercher.

Le petit studio est symbolique, un lieu transitoire, régressif, qui va vous permettre de réfléchir en paix. Parce que :

— Sexuellement, vous et Jean, c'est bien gentil, mais ça fait quand même cinq ans que soit il a mal au dos, soit c'est vous qui avez mal à la tête.

— Amoureusement, cela fait belle lurette que Jean entreprend de longs tête-à-tête avec son Mac, tandis que vous le trompez éhontément avec les romans de Joyce Carol Oates…

— Familialement, votre mari a réussi à entraîner vos enfants au golf tous les week-ends, vous laissant seule. Ce que, il faut bien l'avouer, vous avez fini par apprécier.

Je disais donc, réfléchir en paix. Et surtout faire tout ce que vous n'avez pas fait depuis vingt ans :

— Danser à poil dans le salon sur *Daddy Cool* de Boney M.

— Boire des Corona avec Marie et Géraldine jusqu'à 6 heures du mat.

— Regarder d'affilée toutes les saisons de *Desperate Housewives*.

— Rester au lit tout un dimanche sans même vous doucher.

— Brancher un mec en boîte qui va vous baiser comme une fille de 20 ans.

— Fumer un gros pet avec vos potes de terminale que vous avez retrouvés sur Copains d'avant...

Après un mois ou deux à ce rythme-là, vous devriez rentrer calmée, épanouie à la maison. Votre famille aura eu suffisamment peur de vous perdre. Et devrait normalement être aux petits soins pendant quelque temps.

2. *Vous, vous savez où vous êtes rangée, ce sont les autres qui ne le savent pas.*

Ce que vous aimeriez, c'est que vos proches vous respectent et cessent de ne penser qu'à eux. Vous avez bien essayé une, deux, trois fois d'expliquer, des fleurs dans la voix, à votre tribu que vous aimeriez plus d'attention, un bouquet de tulipes ou le petit déjeuner au lit de temps à autre, comme au début. Rien. Nada. Nothing.

Il faut frapper un grand coup. Une semaine au Club Med sans donner de nouvelles ou en envoyant des cartes postales couvertes de taches d'huile à bronzer. Après ça, vos petits soldats devraient marcher droit.

Un conseil : si vous sentez du relâchement au sein de votre troupe dans les mois qui suivent, renouvelez l'application régulièrement, c'est le meilleur antirides que je connaisse.

3. *Vous êtes en pleine remise en question et vous étouffez dans la boîte qui est la vôtre depuis toutes ces années.*

Évitez le faux débat.

Peu importe que ce soit sa faute, la vôtre, celle des enfants... Vous ne roulez plus à la même vitesse ni dans la même voiture, un point c'est tout. Reste que vous avez intérêt à attacher votre ceinture, à vérifier les airbags et à (vous) conduire avec fermeté et élégance. D'autant que lui, cet homme que vous avez choisi et que vous respectez, ressent peut-être la même chose que vous et n'ose pas se/vous l'avouer. En général, un homme est moins enclin à l'introspection, alors c'est vous qui allez passer les vitesses. La manœuvre est délicate, les coups de volant inévitables, le créneau prendra du temps, mais il s'agit de votre vie, de la sienne, et de ces années que vous souhaitez intenses en émotions, en événements. Si votre conduite ne lui convient pas, ce sera la fin de votre histoire. Dans le cas contraire, une nouvelle boîte de vitesses vous permettra de repartir pour dix ans...

4. *Le père de Stan, pote d'Ethan à l'escrime, vient vous parler après le cours. Vous êtes troublée. Lui aussi visiblement. Ambiance très Love actually. La musique en moins.*

Vous faites tout pour l'éviter. Vous envoyez Camille à votre place chercher Ethan à l'escrime, vous vous interdisez le moindre flirt, vous fuyez ses coups de fil, effacez ses textos. Rien à faire. Vous êtes Amoureuse. Jusqu'à la racine des cheveux. Soit vous vous apercevez que côté sexe c'est moyen, l'affaire est réglée et vous rentrez sagement chez vous couler des jours heureux en contemplant le sablier se vider.

Soit c'est THE révélation. Et désolée, dans ce cas c'est sauve qui peut sa vie. Un grand amour ne se laisse pas tomber. Il faut foncer. Dommages collatéraux inévitables, vous n'êtes plus qu'un bulldozer qui sait qu'il va devoir soulever des montagnes...

DES PHOTOS... BONNES À JETER

18 septembre. Profite de cette halte profes-sionnelle forcée pour trier, ranger, jeter et faire développer (enfin !) les photos des vacances.

Liste des choses à faire :
— Penser à emmener avec nous Peter Lindbergh en vacances.
— Songer à suivre une formation Photoshop.
— Commander un lit XXL... Le berceau de 1,40 mètre qui nous sert de lit est peut-être à l'origine de mes envies d'évasion.

Tout allait un peu mieux. François et moi, on s'est réconciliés après cette stupide engueulade, je me suis raisonnée, il est quand même patient avec la harpie que je suis devenue. Camille s'est excusée pour l'après-midi shopping exécrable... Ethan est convenu que « puer la défaite » pouvait aussi se dire « rater ». Ai enfin accepté d'apparte-nir (momentanément) à une génération que les gens de 20 ans ne peuvent pas connaître... Quand, idée stupide, je décide d'apporter mes photos de vacances à développer au Point Fnac de Colombes.

— Vous pourrez les récupérer dans une heure. Me dit la dame en me dévisageant bizarrement.

— Quelque chose ne va pas ?

— Non, rien, c'est juste que des photos à développer… Vous devriez essayer le numérique… et visionner vos photos sur écran. Vous faites un préchoix, vous développez ce que vous aimez et ça vous coûte moins cher…

Le temps d'aller faire quelques courses inutiles au Monop, je suis de retour à la boutique.

120 euros pour trois pellicules 36 poses…

La vache !

Elle a raison cette dame. Je ferais bien de me mettre au numérique.

Nos vacances en Corse. Un rituel depuis six ans. Même maison, même quinzaine de juillet, même vue sur la mer…

Pour fabriquer des souvenirs, j'ai une stratégie imparable : pas de photos au début, on est trop blancs, pas raccord avec le paysage.

Les séances démarrent donc trois jours avant la fin. Idylliques. De préférence posées pour que tout soit parfait.

La lumière, les enfants, la mer, les rochers, le sable, les sourires, les cheveux, le bonheur.

À peine assise dans la voiture, me jette sur la première pochette. Du grand. Bon pour faire la pub d'un catalogue Club Med. La deuxième est tout aussi réussie. Moins centrée sur la fratrie, plus tournée vers l'île de Beauté…

Quand j'attaque la troisième, mon sourire béat disparaît. C'est moi sous toutes les coutures.

Enfin, je crois.

106

Reconnais mon deux-pièces rayé aubergine et marron.

Le reste me plonge dans l'effroi.

Pas de doute.

Ce boudin blanc trop cuit, le visage froissé, les seins happés par l'attraction terrestre, ces cuisses, ce ventre, ce cul que même Botero refuserait de peindre, c'est moi…

François et ses gros plans plein soleil… Je le hais. Encore une chance, Dennis Quaid ne verra jamais ces tirages. D'ailleurs, personne ne les verra. Je déchire furieusement les preuves.

Les sept péchés capitaux que j'ai commis malgré les conseils des magazines féminins : bronzer, ramollir, m'affaisser, patted'oiller, celluliter, double-mentonner, culottedechevaller.

Je me déteste.

RÉCAPITULONS

C'est un peu une tannée, les photos de vacances. En général, tout le monde est photogénique, sauf vous.

Vous êtes positive et savez pertinemment que ces photos ne prouvent rien. Vous êtes bien mieux dans la réalité et c'est ça qui compte !

Vous êtes réaliste et réactive. Un petit régime pour éliminer le rosé de l'apéro, un peu de gym pour raffermir tout ça, et le tour est joué…

Vous êtes déprimée, ces photos vous enfoncent un peu plus et vous notez dans votre tête qu'un gros chantier vous attend :

— Ravalement de façade avec ponçage à l'abrasif.

— Comblement des fissures au mastic.

— Réfection intégrale du corps de ferme.

— Restauration complète de la charpente, avec en priorité remodelage des murs porteurs et des ailes du château.

Électricité et plomberie attendront.

Ne reste plus qu'à trouver un as de la restauration, une entreprise de maçonnerie qui ne rechigne pas devant le gros œuvre et un Jean Nouvel pour les finitions.

Très important, les finitions.

Devez annoncer à votre François que la toiture de la maison de campagne attendra. Il comprendra en regardant la seule photo qui ait échappé au massacre (un calcul de votre part) que la résidence principale, c'est bien plus urgent.

PLUS JAMAIS ÇA !

19 septembre. Comme convenu, Sonia et moi allons faire un petit shopping entre vieilles. Ventes privées, tour chez agnès b. Exactement ce qu'il me faut pour décompresser.

Liste des choses à faire :
— Maigrir.
— Fondre.
— Décoller.
— Perdre du poids.

Depuis que je me suis vue en photo, me mettre en petite culotte et soutien-gorge est une épreuve aussi insurmontable que m'exposer en maillot de bain sur une plage le premier jour. Ai le sentiment désagréable d'être le homard de Jeff Koons exposé à Versailles dans la galerie des Glaces.

Observe toutes ces fesses culottées entrer et sortir des jeans, tous ces seins disparaître et réapparaître des débardeurs et suis paralysée.

Sonia me secoue.

— Ouh ouh, Alice !

Elle aussi s'est débarrassée de ses vêtements et me montre le tee-shirt qu'elle a enfilé.

— T'en penses quoi ?

Reviens sur terre : Super joli... Je ne peux pas me déshabiller, Sonia, c'est au-dessus de mes forces... Je me sens ridicule.

— Mais nous sommes toutes ridicules, me dit-elle en tournant sur elle-même.

— Je me sens vraiment trop vieille aujourd'hui pour me mettre à poil comme ça, elles vont toutes me regarder.

— Tu te prends pour le centre du monde, Alice. Elles ont autre chose à faire.

La moutarde me monte doucement, mais sûrement, au nez.

— Je ne peux plus me voir. Les bras qui pendent, les cuisses pleines de cellulite, mon ventre... C'est trop moche...

— Personne te demande de monter sur un podium pour défiler. Planque-toi dans les portants si tu veux, mais c'est vraiment pas cher, tu devrais...

Me raisonne : Okay, okay...

Fouille dans les piles à moitié détruites, choisis quelques vestes, trois tee-shirts, attrape un jean et me dirige vers le fond de la halle. Déniche un portant à l'abri des regards. M'accroupis au milieu des pantalons et commence à me tortiller tel un ver de terre tout juste sectionné par une pelle... Mes santiags, mon jean, mon pull, ma chemise, tout valse.

M'aperçois soudain que je porte une culotte Snoopy, que mes chaussettes sont dépareillées... Un fléau, j'ai soixante chaussettes qui attendent dans un sac le retour des fugueuses. Suis presque parvenue à enfiler le jean lorsque j'entends la voix de Sonia qui me cherche dans les allées :

— Aliiiiice ! T'es où ?

Finis par faire rentrer mes fesses dans le pantalon, quand je l'entends à nouveau. Me relève d'un coup, les cheveux dans tous les sens, concentrée sur la fermeture.

— Je suis là ! Putain, j'arrive pas à le fermer…

— Devine qui j'ai trouvé ?

Moi, la tête plongée dans mes problèmes de braguette : Je ne sais pas moi, Eva Longoria de passage à Paris… Puis, relevant la tête : Ah, c'est toi Garance ! Je lui tombe dans les bras : Comment tu le trouves ce jean ?

Je la fixe et me demande si elle va me le dire que je suis grosse.

Elle, la main tendue vers mon pantalon : Je crois que tu devrais prendre une taille au-dessus.

Elle l'a dit. En douceur, mais elle l'a dit.

Moi, agacée : Euh ouais… tu as raison.

Efficace, Garance va me chercher un 40, revient, me le tend et reste là, plantée.

Moi, énervée : Bon, ben, vous n'allez pas rester là et me regarder, si ?

Garance, enracinée : Ben, on t'attend. Tu as vu, tes chaussettes sont dépareillées…

Sonia moralisatrice : Ah ouais, j'avais pas vu. Tu te laisses aller en ce moment…

Moi, excédée, respire un grand coup.

Elles comprennent enfin : On bouge, on bouge… On t'attend à la caisse…

Moi, soulagée : C'est ça…

J'arrache mon jean, mon tee-shirt, me retrouve à poil devant toutes les autres filles qui, effectivement, Sonia a raison, se moquent de mon cul comme de l'an quarante. Me rhabille, abandonne le tas d'affaires sur une pile au hasard, les rejoins, les dépasse.

Les deux en chœur : Ben, t'as rien pris ?

Ne laisse pas le temps à Sonia et Garance d'ouvrir la bouche : Je vous laisse, Ethan vient de m'appeler, je dois y aller, les devoirs…

Oui, je suis de mauvaise humeur.

Susceptible.

À cran.

Décide de continuer mon shopping. Seule. Me voilà, rue Pierre-1er-de-Serbie chez agnès b. Choisis trois robes. Et là, j'avais complètement oublié. La cabine d'essayage collective, fléau de la branchitude vestimentaire !

Soulève le rideau, vérifie que je suis seule et me refais mon strip-tease éclair. Pull, chemise, jean, santiags, tout valse à nouveau. Et là, alors que je suis à poil, trois bombes entrent, très en phase avec le concept vestiaire de foot : string, fesses bronzées, musclées.

Tétanisée, je fais semblant de chercher un truc important dans mon sac en priant pour qu'elles partent. Pas de chance. Elles ont décidé d'essayer tout le magasin. En me tortillant, je finis par enfiler ma robe, assise. Le père Fouras aurait apprécié. Comme les trois pipelettes n'en finissent pas, je remets mon jean, mes pompes, et je garde la robe sur moi.

Un peu étonnée, la caissière doit enlever l'anti-vol en me couchant sur sa machine. Puis m'informe gentiment que la robe se porte dans l'autre sens. Je ris bêtement, sors. Épuisée.

RÉCAPITULONS

Vous l'aurez compris, il m'est impossible de me déshabiller en public. Je crois que si je mesurais 1,76 mètre, pesais 55 kilos et avais 35 ans, je serais moins... pudique, complexée, gênée.

Les soldes presse et les ventes privées sont destinés à vous faire acheter vite (trois jours en général) et pas cher leur stock. Pas question de perdre du temps en essayages, vous êtes clairement là pour qu'ils écoulent leur marchandise invendue. D'où l'absence de cabines. Seulement voilà, une femme qui n'essaye pas n'est pas une femme qui achète, ce qui a conduit ces marques à autoriser ces scènes de strip-tease improbable.

Concernant agnès b., j'imagine que l'idée des cabines collectives lui est venue en observant l'ambiance confraternelle et chaleureuse dans les douches entre footballeurs d'une même équipe qui viennent de gagner un match.

S'il vous plaît, Agnès, faites quelque chose pour moi, mettez deux, trois cloisons, par-ci par-là... C'est rien à faire, et pas cher...

NE PLUS DIRE « NOUS »...

21 septembre. Découvre avec stupéfaction que Garance, Delphine, Sonia et moi, nées entre 1963 et 1966, ne sommes pas de la même génération...

Liste des choses à faire :
— Ne plus faire mes courses chez Mohamed. Il se croit tout permis.
— Penser à remplacer à la maison toutes les ampoules de 60 watts par des 10 watts.
— Jeter ce CD de Stevie Wonder, *Happy Birthday*, il me tape sur les nerfs.

Me suis évidemment excusée auprès de Garance et Sonia. Ai mis cette nervosité sur le compte des antidépresseurs préconisés par Wish qui me font autant d'effet que des fraises Tagada. Ma vieillesse toute récente ne me quitte pas d'une semelle. Prends tout mal.

Pour ma défense, le complot qui s'ourdit contre moi depuis dix jours s'étend maintenant aux commerçants de ma rue.

Mohamed, l'épicier qui m'accueille habituellement avec un tonitruant « Bonjour mademoiselle », n'a rien trouvé de mieux ce matin que de me lancer un « Comment ça va aujourd'hui, madame ? ». Ai pris la mouche, mes deux kilos d'oranges, ma monnaie et suis sortie sans piper mot, le cœur sens dessus dessous. Et dire que j'étais contre la mort du petit commerce.

— C'est marrant, moi c'est mon boulanger qui m'a fait le coup, me dit Garance, que j'ai appelée pour lui raconter. Te froisse pas pour si peu, va !

Froissée.

Oui, c'est exactement ça. Il m'a froissée, cet imbécile. Je suis entrée dans sa boutique, la peau lisse, et en suis ressortie froissée comme ses vieilles goldens qu'il laisse des jours entiers dans ses cagettes. Qu'il ne compte plus sur moi pour écouler ses stocks, Mohamed, j'irai uniquement chez Leclerc désormais. Là au moins, personne ne me rappellera le processus de vieillissement qui me frappe de plein fouet.

Heureusement il y a les amies. Ce soir, j'ai rendez-vous pour notre dîner mensuel avec Delphine, Sonia et Garance. La dernière fois que nous nous sommes vues toutes les quatre, c'était avant le « drame ». J'étais alors jeune et belle.

Ai choisi le No Stress Café, place Gustave-Toudouze.

Pour son nom : tout indiqué, vu mon incapacité à contenir mes sautes d'humeur assassines.

Pour son éclairage : tamisé, le seul que mon teint supporte en ce moment.

Mes chères amies ! Toutes plus jeunes que moi, les veinardes. Elles savent que je ne supporte pas d'être la plus vieille de la bande et ne ratent pas une occasion de me le rappeler. C'est

plus fort que moi, chaque fois que j'entends :
« Mais c'est vrai, au fait Alice, t'es la plus
vieille ! » Je pars au quart de tour : « Ça va, les
nanas, j'ai deux ans de plus que toi (à Sonia), une
petite année d'écart avec toi (à Garance) et nous
(à Delphine), à six mois près on est jumelles ! »

Ce soir, je ne suis pas la seule à cran.
L'ambiance est électrique. Du 100 watts au moins.

Il a suffi que Delphine dise à Garance : On a le
même âge de toute façon, on va pas s'étriper,
pour s'entendre répondre du tac au tac : Ah pardon, j'ai six mois de moins que toi...

Bêtement, j'ai voulu calmer le jeu : Enfin, on va
pas s'engueuler pour des conneries de mois en
plus ou en moins, elle veut simplement dire
qu'on est de la même génération...

Sonia a alors grimpé aux rideaux : Ah non, les
filles, moi, je suis née en 66, et non, c'est pas la
même génération, puis à moi en particulier :
Avoue, Alice, tu aimes quand Brigitte, qui a
53 ans, dit « nous » en faisant comme si elle et
toi aviez le même âge ?

— Ah non, c'est horrible...

— Tu vois ? conclut Sonia, satisfaite.

Fin du match.

RÉCAPITULONS

Souvenez-vous, il y a quinze ans, de votre petit
Raphaël qui avait 13 mois, de la gentille Marine
la petite voisine qui en avait 19, et de l'écart
immense que vous mettiez entre les deux...

À partir de 40, 45 ans, vous recommencez à
parler des mois qui vous séparent, prêtes à tout

pour grappiller quelques semaines sur le dos de vos meilleures amies… Six mois d'écart = une génération.

Inutile de leur raconter des salades sur votre âge. Si elles sont normalement constituées, elles connaissent l'année de votre naissance, à l'heure, à la minute près, et le temps qu'il faisait. Et vous le leur rendez bien.

Ce foutu jour de votre anniversaire :

— Éteindre votre mobile pour éviter les textos de félicitations ne changera rien.

— Refuser de consulter votre boîte mail ne fera que repousser le problème.

— Partir en voyage pour échapper au jour fatidique constituera une dépense vaine.

— Être née un 29 février ne vous épargne pas les années non bissextiles. Vous recevez de douloureux messages la veille ou le lendemain.

Donc…

Prenez les devants :

Marquez le coup. Organisez une immense fête ce jour-là. Faites-vous offrir plein de cadeaux, buvez du champagne sans modération… Vous serez plus vieille, mais comblée et saoule.

Détournez l'attention. Avec quelques amis nés le même mois que vous, mettez au point une soirée commune : la fête des Taureaux, la fête des Lions, etc. Noyée dans la masse, vous échapperez peut-être à la fatidique épreuve des bougies.

Inversez la situation. À bien y réfléchir, c'est surtout votre mère qu'il faut féliciter ce jour-là ! C'est elle qui vous a mise au monde et qui s'en souvient encore comme si c'était hier. Alors, créez la fête des naissances. Votre mère est gagnante sur tous les tableaux si elle a plusieurs enfants... Vous bénéficierez à votre tour de cette bonne idée lorsque vos enfants auront l'âge de vous offrir autre chose que des colliers de nouilles.

LA DÉLICATESSE D'UN ÉLÉPHANT

23 septembre. Dépasser 40 ans, c'est un peu comme ne plus avoir son passe Navigo 5 zones. Il y a des régions où il ne faut plus s'aventurer... sous peine de payer le prix fort !

Liste des choses à faire :
— Faire stériliser de force le gynéco de Marie.
— Réorienter certains étudiants de médecine vers la filière vétérinaire.
— Me souvenir que la carte Vermeil s'appelle désormais la carte Senior.

Ma voisine Marie, la chouette hulotte, est toute retournée ! Alors qu'elle avait pris rendez-vous avec son gynéco Joseph Tordjman pour une banale histoire de stérilet qui avait pris la tangente, ce dernier lui a suggéré une ligature des trompes.

Je ne supporte pas de voir Marie dans cet état. Depuis que je la connais, je l'ai vue (et surtout entendue) énervée, excédée, excitée, drôle, mais jamais abattue. Ce matin, elle est déprimée et je ne sais pas quoi faire.

Ses mutants sont aussi pénibles que les miens. Son jules la quitte tous les quatre matins. Son Dennis Quaid à elle vient également de la ranger au rayon des accessoires, et là son gynéco...

Pas d'autre choix que de la faire rire :

— On n'y pense pas assez. C'est vrai, pourquoi ne pas te faire ligaturer les trompes ? Ou bien, comme dirait ma mère, « te faire tout enlever » ? À 43 ans Marie, tu n'as pas besoin de tous ces organes qui prennent de la place pour rien... Tu n'es pas cool !

J'ai réussi mon coup : elle rit, mais moi ça ne m'amuse pas du tout.

— Comment ce type a pu te dire un truc pareil ? Il faut le faire radier de l'ordre des médecins, lui faire manger son serment d'Hippocrate !

Elle avale un quart de Lexomil (ses noix de cajou à elle en ce moment) et me raconte :

— En fait, c'est la troisième fois que je perds mon stérilet et tu me connais, en plaisantant, je lui ai dit : « Et si je me faisais ligaturer les trompes ? »

— Et il n'a pas compris que tu déconnais !

— Cet abruti, le plus sérieusement du monde, m'a sorti : « J'allais vous en parler... Vous ne comptez pas faire d'autres enfants... ? » Je suis repartie zombie. Bonne à me jeter dans un sac-poubelle...

Moi, révoltée : Je n'en reviens pas, j'ai l'impression d'entendre le véto de Félix quand il m'a conseillé de le castrer. Je me demande si tous les gynécos sont aussi misogynes...

— Non, je suis allée sur infobebes.com et j'ai tapé « ligature des trompes ». Il y a de tout. Ceux qui refusent, et ceux qui ont la main leste. En tout cas, certains pensent utile. Exactement ce que tu dis, comme les vétos pour les chiens et les chats...

— Imagine surtout qu'on propose à nos mecs de se faire stériliser !

— Oui, j'imagine très bien...

RÉCAPITULONS

Dégustez cette phrase gracieuse tirée du roman de Michel Houellebecq *Extension du domaine de la lutte* : « Aussi la rupture avec Véronique ne lui inspire-t-elle qu'un regret : "ne pas lui avoir taillé les ovaires". »

Et cette autre réflexion tout aussi délicate tirée du même ouvrage : « Je le savais, elle avait tellement besoin d'être tronchée. Ce trou qu'elle avait au bas du ventre devait lui apparaître tellement inutile. Une bite, on peut toujours la sectionner ; mais comment oublier la vacuité d'un vagin ? »

Finalement, comparée aux visions délicieuses de notre poète de l'amour hexagonal, « la ligature des trompes » passerait presque pour une poésie de Maurice Carême.

TES OVAIRES ? UNE MERVEILLE !

24 septembre. Sueurs froides la nuit, bouffées de chaleur le jour. Seins gonflés... Ai sûrement « contracté » la ménopause. À moins que... je ne sois enceinte ? Ou que la mésaventure de Marie ne me soit montée au cerveau.

Me rends chez Twiggy, ma gynéco. L'ai pas vue depuis un an.

Liste des choses à faire :

— Retourner à l'île d'Yeu pour les vacances de Pâques. Là-bas, Les Ovaires et Les Vieilles sont des plages.

— Penser à demander à Twiggy si, une fois ménopausée, j'aurai des poils dans le dos.

— Remercie chaque jour celui qui a décidé que la calvitie serait exclusivement masculine.

C'est un rituel. Je lui offre des livres, et en échange, j'espère qu'elle va me dire que tout va bien.

La dernière fois, je lui ai apporté *Tout ce que j'aimais* de Siri Hustvedt, et c'était bon.

Cette fois, choisis de lui offrir mes trois bouquins préférés d'Irvin Yalom, *Mensonges sur le*

125

divan ; *La Méthode Schopenhauer* ; *Et Nietzsche a pleuré*.

Peut-être qu'en échange elle me donnera encore une fois de bonnes nouvelles de moi. Monte chez elle, le plexus pas du tout solaire.

Twiggy doit avoir 52 ans. Je l'ai surnommée comme ça il y a dix-sept ans, au premier rendez-vous. Toute mince, petit pull trop court, mini-jupe et collants rayés… Elle, c'est clair, ne se demande pas si elle doit s'habiller autrement. Un petit format. Une ossature de préadolescente. Un visage de chat qui vieillit joliment.

On se tombe dans les bras comme chaque fois, elle m'emmène dans son bureau, ouvre, ravie, son cadeau, feuillette… M'embrasse à nouveau, me remercie. Puis me demande comment vont Camille et Ethan, qu'elle a bien connus lorsqu'ils étaient encore dans mon ventre. Lui raconte, comme toujours, mes amis, mes amours, mes emmerdes. Surtout mes emmerdes en fait. Puis les fameux symptômes. Chaud. Froid. Stress.

— Bon je vais t'examiner. Je te rejoins.

Me déshabille, me sens ridicule comme d'habitude, et grasse. M'allonge sur son lit de camp à étriers.

Tente de penser à quelque chose d'agréable pendant qu'elle enfile ses gants. Rien ne vient.

— Tu es toujours aussi impénétrable… Je ne peux pas entrer, me dit-elle pour me faire rire.

Me concentre.

— Décontracte-toi.

Fais un effort inouï pour me détendre. Twiggy fait diversion. Me raconte sa fille qui vient de quitter son amoureux, je lui parle des cabines d'essayage chez agnès b.

— Ton col est magnifique ! s'extasie Twiggy, comme si elle me parlait des gorges du Verdon.

M'apprête à me relever. Me dit stop.

— Je te fais une petite échographie pour voir comment vont tes ovaires.

— Tu as le matériel ici, maintenant ?

— Oui, j'ai ça.

Elle brandit un gode.

— Merde, c'est quoi, ça ?

— Ma nouvelle caméra. Tu vas voir pour le coup, ça c'est plutôt agréable...

Une queue longue et fine...

— Ben ouais, dis donc, on fait pire comme outil.

Là, elle est chez Tiffany's et se pâme devant une paire de boucles d'oreilles en perles de culture :

— Tes ovaires, une merveille. Pas de kystes, rien. Le haut maintenant. Lève les bras.

Twiggy attrape mes seins comme des miches de pain, les masse comme de la pâte à tarte.

— Parfaits. Énormes, mais parfaits. Tu peux te peser.

— Ah non, même pas en rêve, ici je pèse plus qu'à la maison...

— Bon alors, viens par là. Tu me dis que tu as des bouffées de chaleur, tes seins te font mal... Tu as tes règles ?

Acquiesce.

— Espacées comme avant ?

— Yes.

— Écoute, tu vas acheter du Progesterol pour tes seins, le gel que je t'avais recommandé pour ta fille. S'ils te font trop mal, tu reviens, je te donnerai ce qu'il faut, et puis ce sera bien assez comme ça.

— Ah bon, c'est tout ?

— Oui, tu es tellement stressée, si ça se trouve tes bouffées sont juste des angoisses.

— Mais tout le monde me dit que je suis bonne pour la ménopause...

— Oui, mais là non. Arrête de les écouter tous, on verra en temps voulu. C'est pas une maladie...

— Et si j'étais enceinte ?

— Tu dois le savoir mieux que moi.

— C'est vrai que je suis tellement stressée en ce moment.

— J'aime beaucoup le « en ce moment », répond-elle avec un clin d'œil.

— Même pas une mammographie ?

— Non, pas cette fois, ils vont bien tes seins, et puis c'est seulement tous les deux ans, la mammo.

— Mais tout peut arriver en deux ans, lui dis-je tout en me tâtant les seins sans m'en apercevoir.

— Oui, un gros cancer du sein pourrait même se déclencher là en sortant...

— Et le frottis, pourquoi tu ne me demandes pas de frottis ?

— Pour les mêmes raisons. Dans six mois.

— Tu es sûre ?

— Tu es toujours aussi confiante ! Je te dis que tout va bien. Quand il y a cinq ans j'ai vu un truc louche, je t'ai immédiatement prescrit les examens qu'il fallait, non ? Je ne suis pas là pour te faire plaisir, je te dis que tout va bien. Profite un peu de la vie.

Je la prends dans mes bras. Je savais que les bouquins…, que des bonnes nouvelles ! Je paye, descends, joyeuse. La prochaine fois lui offre un film pour changer, *La vie est belle* de Capra !

RÉCAPITULONS

Aller chez Twiggy est pour moi un cauchemar. Depuis toujours.

Elle a beau donner dans la métaphore, me faire rire, je ne respire qu'une fois dans la rue.

Le sort de mes seins, de mon utérus, de mes ovaires est entre… ses mains. Avec l'âge, et tous ces cancers qui guettent, prêts à surgir, toutes ces affiches, ces campagnes de prévention qui envahissent nos écrans, nos murs, nos pharmacies, il n'y a pas un jour où je ne pense à l'instant où l'un d'entre eux va me tomber dessus à bras raccourcis. Ce n'est pas pour cette fois. En attendant la prochaine, me dis que j'ai de la chance.

Quant à la ménopause, apparemment, ça a l'air de nous obséder toutes, mais pas Twiggy. Pour certaines, cela ne changera pas grand-chose. Pour moi qui ai des seins habituellement moyens, je suis assez joyeuse à l'idée de les voir gonfler. La peau, oui elle va en prendre un coup… Mais la médecine esthétique, ça existe. Pour les fameuses bouffées de chaleur ? Même pas mal. Elles ne peuvent pas être plus insupportables que mes vertiges positionnels paroxystiques bénins.

Évidemment, il y a l'aspect psychologique de « l'affaire Ménopause », un renoncement imposé. La fin d'une époque. Celle des naissances, de la jeunesse, de la vie. Mais, comme dirait ma copine Françoise : « Le jour où je n'ai plus eu mes règles, ça a été la libération ! »

SAUVE QUI PEUT SA PEAU

25 septembre. Ça m'a pris ce matin comme une envie de beurre de cacahuète. Badigeonnée d'huile d'Argan directement importée de la vallée de l'Ourika, une pince dans les cheveux afin d'éviter qu'ils ne trempent dans le gras, je découpe dans les journaux des pages qui pourraient servir à faire des collages.

Liste des choses à faire :
— Planter dès demain une *Pueraria lobata* dans le jardin.
— Me procurer au plus vite cette tortue Maxine qui, à 60 ans, en paraît 30.
— Créer pour la télé un jeu de télé-réalité intitulé *Foreveryoung Story*.

Que je me mette à la peinture n'a pas beaucoup étonné François et les mutants. C'est dans mes gènes. En revanche, ce matin, Camille me demande un peu étonnée ce que je fais par terre avec ma paire de ciseaux et tous ces journaux étalés autour de moi. Je la rassure :
— J'ai décidé de me mettre aux collages.

Mon explication l'inquiète plutôt : Maman, il faut que tu retournes travailler…

— Mais je travaille là, c'est comme la peinture, tu sais…

— Ah, d'accord… Enfin, moi des collages, j'en faisais en primaire, dit-elle, pas très convaincue.

J'étais sur le point de lui parler de Marcel Duchamp, mais elle a filé aussi vite qu'elle était apparue. Et de toute façon je serais encore passée pour une vieille qui lui explique la vie…

Cernée de magazines, commence à tourner les pages, mais très vite suis happée par la pub. Pas le choix. Dior, Chanel, Sisley, Clarins, Lancôme, Vichy, Diadermine, Nivea, Barbara Gould, L'Oréal, Clinique… monopolisent les premières pages des journaux. Un vrai cocktail anti-âge auquel j'échappe normalement lorsque je feuillette un magazine, puisque comme la plupart des filles, c'est bien connu, je tourne les pages de la fin vers le début.

Je sais bien que les pubs font des promesses jamais tenues et sont là pour faire rêver, mais il y a des limites. Du moins je le pensais. Les yeux rivés sur ces mensonges en papier glacé, je lis les petites phrases censées illustrer les photos de visages parfaits et je me surprends à parler toute seule à haute voix. J'ai l'air très en colère : « Quel baratin… Quelle honte… Non, ils n'ont pas osé ! »

Il y a la crème qui désamorce les rides réversibles *dans* la journée, celle qui agit comme une véritable *perfusion* d'hydratation durable, ou bien encore celle qui *resculpte* les contours du visage. Je me demande si en appliquant les trois en même temps sur le visage et le cou, j'obtiens un triple effet... Une envie irrésistible d'appeler *60 millions de consommateurs* me submerge. Mais non finalement, je vais plutôt appeler Garance pour lui crier mon indignation face à tous ces mensonges...

— SOS Amitié bonjour j'écoute ?

— Je te dérange ? Puis, sans écouter sa réponse : Je suis en train de regarder les pubs pour les crèmes anti-âge, c'est effarant les conneries qu'ils te racontent...

— Tu sais que ça fait quelques dizaines d'années que la pub existe.

— Oui, mais j'avais jamais lu les textes. Je n'en reviens pas ! Il y en a quand même une qui estompe les rides et dit que notre peau paraît dix ans plus jeune !

— Tu es restée couchée cent ans comme la Belle au bois dormant ou quoi ?

— Non, mais ils ont le droit de promettre des trucs pareils ?

— Ben oui, j'imagine !

— Il y en a qui te parlent de Maxine, une petite tortue, qui malgré ses presque 60 ans en paraît à peine 30, et que toi, ça va être pareil si tu utilises sa crème ! Et la *Pueraria lobata*, une plante qui signifie éternelle jeunesse, et tu ne paraîtras pas 40 ans si tu te la colles parce qu'elle est à base de ses feuilles... C'est n'importe quoi !

— Et qu'est-ce qu'on fait alors ? On tague leurs affiches ? On prend en otages les patrons de L'Oréal ?

— Non, mais je ne sais pas moi, c'est quand même un scandale. En plus en tout petit, ces marques te précisent toujours que trente femmes les ont testées et que ça marche… Elles sont où ces gonzesses ?

— Là, je suis absolument d'accord avec toi, me dit Garance le plus sérieusement du monde, ils feraient mieux de créer une émission de télé-réalité où on suivrait pendant une dizaine de semaines le rajeunissement de la peau de candidates volontaires !

— Là au moins on y croirait.

Puis, après avoir gloussé en chœur : On pourrait peut-être y aller toutes les deux…

Foreveryoung Story

RÉCAPITULONS

Je ne sais pas si vous êtes comme moi, mais a priori j'ai le sentiment que :

— ce ne sont pas ces promesses qui me poussent à dévaliser les rayons cosmétiques ;

— ce ne sont pas les échantillons collés sur les pubs qui me conduisent tout droit chez Sephora ;

— ce ne sont pas les visages photoshoppés des femmes sans une ride qui me font dévaler les escaliers de chez moi pour me rendre aux Galeries Lafayette…

Alors quoi ?

Eh bien, je me dis que finalement ces merveilleuses phrases sorties du Monde de Narnia, ces belles images revues et corrigées par des petites mains avec une souris d'ordinateur sur ce beau papier glacé, doivent être aussi pénétrantes que les crèmes qu'elles vendent. Et là, je me reporte au « Que sais-je » sur la pub et je lis « Impact : ce qui reste quand on a tout oublié ». C'est ça, même atteintes d'Alzheimer, on se souvient de Maxine la tortue qui à 60 ans en paraît 30, de la *Pueraria lobata* et de sa jeunesse éternelle.

TROMPER LA FAIM ? IMPOSSIBLE

ACTE I

27 septembre. Suis vraiment mal dans ma peau depuis la découverte des photos et cet improbable shopping... François, ce n'est pas si souvent, est d'accord avec moi : suis trop grosse. Dois perdre deux, trois kilos selon lui. Dix en ce qui me concerne. Pierre Touboul est, au dire de Sonia, l'homme de la situation. L'ai vu aujourd'hui.

Liste des choses à faire :
— Expliquer à Pierre Touboul qu'il peut me parler gentiment.
— Faire comprendre à François que 60 euros est un tarif normal pour s'entendre dire qu'il ne faut plus toucher au sucre, au fromage et à l'alcool.
— Prévenir mes amis que désormais je viendrai chez eux dîner avec mon Tupperware.

10 heures. Pierre Touboul est franchement désagréable. M'a demandé mon âge. A fait Hummm. M'a déclaré d'emblée que perdre dix

kilos c'était beaucoup, qu'il allait faire au mieux... M'a tendu une feuille avec mes menus « à suivre à la lettre », m'a demandé 60 euros et m'a fixé rendez-vous le mois suivant avec pour mission la disparition de trois kilos.

Le soir même à la maison, Camille, Ethan et François n'en reviennent pas. Moi, Alice, incapable de commencer un dîner sans une tranche de pain beurrée avec du saucisson, suis déjà à l'œuvre. Endives à l'eau et fromage blanc 0 % que je pèse pour être sûre que ce sont bien 100 grammes que je vais absorber et pas un de plus...

— Ça a l'air sympa ce que tu manges, me balance François en ricanassant en chœur avec les enfants.

— Il paraît qu'on s'habitue très bien, je réponds, concentrée.

— Et c'est normal que tu regardes chaque bouchée que tu avales ? me dit-il, toujours hilare, un quart de pizza dans la main.

— Oui, ça me permet de prendre conscience de ce que je mange, de ce dont mon corps a besoin.

— Un petit morceau ? elle est aux trois fromages, maman, m'invite Ethan, qui se fait engueuler aussi sec par sa sœur.

— Laisse-la tranquille, imbécile. Vous les mecs, vous ne pensez qu'à manger.

— Merci, Camille. S'il vous plaît, prenez-moi au sérieux, c'est déjà assez compliqué. Je ne dois pas faire un seul écart, sinon, ça ne marchera pas.

— Pas de tarama, de chorizo, de *mejillones en escabeche*, et ton cheese cake que t'adores ! s'étouffe Ethan.

— Rien. À 60 euros la consultation, ça ne rigole pas.

— 60 euros pour faire la grève de la faim, sacré Tesboules ! ironise François.

— TOUBOUL. La notion de coaching est très importante. C'est psychologique. D'ailleurs, il m'a expliqué que j'aurais beau suivre les indications qu'il m'a données sur le papier, sans le voir, ça ne marcherait pas...

— Pas con le mec. Tu veux dire que tu vas lui redonner 60 euros ?

— Oui, le mois prochain. Pour qu'il m'indique la suite du régime.

— Et ça dure combien de temps cette blague, Alice ?

Moi, portant religieusement une cuillerée de fromage blanc à la bouche, sachant que c'est la dernière pour ce soir :

— Trois mois. Bon, je vais me coucher.

Il regarde sa montre.

— 21 h 30, et tu vas dormir... C'est aussi dans le régime ?

— Non, mais si je reste là avec vous qui n'arrêtez pas de manger, je vais être tentée, alors je préfère m'isoler.

— Su-per... Eh bien, les enfants embrassez bien fort votre mère. Vous ne la reverrez qu'à Noël maintenant.

J'entends leurs rires.

Gras.

Monte. M'allonge. Tombe sur *Desperate House-wives* saison 5. Susan, Lynett, Bree, Eddie... Depuis le temps qu'elles piaillent sur Canal, elles doivent avoir pas loin de 50 ans. Mais elles n'ont pas pris un gramme, elles.

2 heures du matin. Me réveille en sursaut. La faim. Mon ventre est en rébellion. Bois un demi-litre d'eau au moins. Imagine l'eau envahir un tunnel sans fin pour faire taire les endives et le fromage blanc en les noyant... Me sens de nouveau calée, me rendors.

5 heures du mat. Envie de faire pipi. Descends, entends du chahut. C'est mon ventre. Rebois, suis totalement réveillée. Prépare un thé sans sucre. Bois le litre tout en lisant *Millénium* (suis à la page 51 que je relis trois, quatre fois, ne comprends toujours pas pourquoi Erika ne quitte pas son mari pour Mikael Blomkvist. S'ils couchent ensemble depuis quinze ans et que c'est si bien, ce serait logique, non ?).

Tenir bon jusqu'à 8 heures. Refais pipi.

Le petit déjeuner – « Seul repas de la journée où vous pouvez manger ce que vous voulez, pain, beurre, confiture, céréales », m'a dit Touboul en me fixant de ses petits yeux méchants qui savent le calvaire qui m'attend – me fait saliver.

À 8 heures pétantes, me jette sur le frigidaire. Et là, sens la colère monter. À côté de ce que je vais faire, *Ravage* de Barjavel est un conte pour enfants innocents. Retourne tout. Les yaourts, les quiches, le saucisson. Fouille derrière les canettes de coca, les salades vertes, les endives, le bout de pizza d'hier, la vieille moitié de citron moisi, pousse la moutarde, le Ketchup, soulève les saucisses Herta, les lardons... Putain. OÙ EST LE BEURRE ?

Deviens Lara Croft. Une tueuse. Me retourne. Une furie. Fonce sur le bar.

Bouteille de lait vide, miettes jusque dans la litière de Félix, chocolats renversés, bols dégueulasses, et là, le papier argent du beurre... roulé en boule. Plus rien. Vise la photo de famille la plus proche, et jette la boulette argentée de toutes mes forces. Raté !

ILS l'ont fait exprès.

Ma famille, qui a déjà filé vers Paname en laissant tout traîner, se fout que je redevienne la femme sexy que j'étais. Ils me veulent vieille et grosse. Sors en hennissant acheter une plaquette chez Mohamed, jovial de me voir en pyjama.

— Ben alors, madame, on dirait que vous avez oublié quelque chose ?

Ta gueule, Mohamed. Je repars avec le butin, ma dose de la semaine. M'enferme dans mes pensées, prépare ce repas comme si c'était le dernier.

C'est le dernier.

De la journée.

Momentanément rassasiée, parcours les menus de Touboul, accoudée au bar.

Ensuite à 11 heures ce sera yaourt 0 %. Pour tromper la faim.

Puis ce sera 13 heures : au choix, deux tranches de jambon, une cuisse de poulet ou une boîte de thon nature. Pour tromper la faim.

Puis 17 heures : yaourt 0 %. Pour tromper la faim

Puis 19 heures : au choix, endives, concombre, haricots verts, brocolis, et un fruit. Pour tromper la faim.

Ne suis pas faite pour tromper qui que ce soit. Même la faim.

ACTE II
SONIA AU RAPPORT

> **11 heures moins cinq. Assise sur le canapé du salon, couve des yeux le yaourt 0 % posé au centre de ma table basse, quand mon iPhone sonne. Merde. Sonia. Réponds quand même. Après tout, c'est elle la responsable de mon nouvel état.**

— Alors Touboul ?
— C'est un dingue.
Sonia impressionnée : Tu as déjà commencé ?
— Ouais. Et dans quatre minutes je te laisse. Mon yaourt de 11 heures… Je dois me concentrer.
— C'est pas trop dur ?
— C'est l'enfer. J'avais tellement faim cette nuit que ça m'a réveillée.
— C'est normal, le temps que tu prennes le pli. Tu verras, dans une semaine, tu seras rodée. Ton estomac sera de la taille d'un noyau de pêche et tout ira bien. Tous ceux que je connais qui ont suivi ce régime sont super contents.
— Ils doivent travailler loin de chez eux, parce que suivre ce régime en sachant que ton frigo est plein à deux mètres de toi, c'est pas jouable. Je suis à cran.

Sonia consolante : Oui, mais t'as vu le matin !
Tu te lâches…

— Ça pour me lâcher… J'ai dû pisser dix fois
depuis 5 heures du mat.

— Ah oui, tu bois pour tromper la faim…

— C'est exactement ça. Je trompe la faim.
Touboul m'a interdit les restos, les brasseries. Je
ne peux fréquenter que les japonais… parce que
là le poisson est cru et sans sauce. Un vrai psy-
chorigide doublé d'un paranoïaque ce type…

— En même temps c'est son métier, il n'est pas
là pour te flatter.

— T'as raison, il n'est pas flatteur ce garçon.
Moi qui croyais encore que la ménopause c'était
dans une autre vie, eh ben ça m'a calmée. Il m'a
dit texto que j'avais intérêt à bien perdre avant
parce que après ce serait l'horreur…

— Le principal c'est que ça marche, positive
Sonia.

— S'il me disait les choses en souriant, sans
être lourd, je maigrirais quand même. Bon, faut
que j'te laisse. Mon yaourt…

ACTE III
ET LA CELLULITE ALORS ?

**Pense que ce régime c'est bien gentil, mais que
la cellulite, elle, est tellement bien dans ma peau,
qu'elle n'en sortira que sous la torture. Touboul
m'a parlé natation, marche… La flemme. Me souviens d'un article sur les méthodes anticellulite
les plus efficaces que j'ai gardé précieusement.**

— Le voilà...

Bien foutu cet article. Chacune des filles de la rédaction a testé une méthode et donne son point de vue sur l'efficacité des machines et leur prix.

Après examen minutieux des différents appareils et commentaires, penche pour Vacu Step. 15 euros la séance, une demi-heure de pédalage dans une combinaison qui supprime peu à peu l'air autour du corps. Je cite : « La combinaison ressemble à une jupe évasée à la manière de celles qu'affectionne Jean Paul Gaultier. Ridicule mais efficace. 10 séances suffisent à faire diminuer de 3 centimètres votre tour de cuisse. »

Ce n'est pas tout. En surfant sur la toile, ai surpris une pub façon néon qui clignote pour Trimgel. Ce gel fabriqué par un laboratoire américain ferait perdre sept kilos en QUINZE JOURS... Je ne sais pas ce qui me prend, j'en commande deux tubes que je paye (une grande première) par Carte bleue sur le site. 70 euros. À ce rythme-là, je ferais mieux d'entamer une grève de la faim pour une cause désespérée...

RÉCAPITULONS

La bonne nouvelle, c'est qu'il est possible avec un peu de volonté de perdre du poids. La mauvaise, c'est qu'avec la ménopause, c'est plus long et pénible.

Une chose est sûre : si vous avez un Pierre Touboul, ne le lâchez pas. Certes, il est cher. Pas agréable. Mais au moins il vous doit des comptes, et vous pouvez vous défouler sur lui si son plan ne marche pas, alors que les crèmes dites amincissantes, elles, vous les payez un bras et vous pouvez difficilement les insulter. Elles s'en fichent.

Personnellement n'ai jamais suivi un régime conseillé dans les magazines féminins. Allez savoir pourquoi... N'y crois pas. Préfère me confronter au terne et glacial Pierre Touboul.

Contrairement aux idées reçues, la cellulite n'est pas un truc de vieilles, mais de filles. La peau d'orange nous aime dès notre plus jeune âge. Seulement voilà, si à 2 ans c'est mignon, à 40 c'est atroce.

PLUS BELLE À 50 ANS QU'À 20… !?

30 septembre. Ce matin suis énervée. C'est la lecture du *Elle* qui me fait ça. Un jour nous sommes plus belles à 50 ans qu'à 20, la semaine suivante, nous sommes fabuleuses si nous suivons leurs conseils pour rajeunir de dix ans… Et moi dans tout ça, je fais quoi, je suis où, je fais comment ?

Liste des choses à faire :

— Surprendre Sharon Stone au réveil et faire une série de photos que je vendrai à *Choc*.

— Demander à Michelle Pfeiffer si elle organise une grande fête pour ses 60 ans.

— Songer sérieusement au lifting dès que quelqu'un me dira : « Toi, tu ne changes pas… » En général, c'est mauvais signe.

C'est écrit, cette semaine : désormais, les femmes sont bien plus belles à 50 ans qu'à 20 !

Enfin, quand je dis les femmes, je parle de Sharon Stone et de Michelle Pfeiffer, qui font la une de quelques magazines…

Donc je reprends : deux femmes dans le monde sont plus belles à 50 ans qu'à 20.

Mais qu'ont-elles donc fait pendant ces trente ans pour réussir une telle performance ?

Aujourd'hui (parce que moi je n'ai pas besoin d'attendre la cinquantaine pour avouer), je ne me sens, mais alors, pas du tout plus belle qu'à 20 ans.

Je dirais même… suis consternée lorsque je regarde une photo de moi à 20 ans…

Quand ma mère me disait, alors que j'avais seulement 10 ans : « Alice, tu es très expressive », j'aurais dû me méfier.

Moi, je sais ce que j'ai fait pendant trente ans : avec quatre expressions seulement, je me suis métamorphosée en pruneau d'Agen.

a. **L'étonnement** se caractérise aujourd'hui par un front profondément strié.

b. **L'incompréhension** devant les choses de la vie se manifeste elle par la double ride du lion (entre les deux yeux).

c. **L'amusement**, qui lui a dû m'occuper aussi un bon moment, se définit par des rigoles (logique) qui parcourent le bas des joues.

d. **La gueule**, que j'ai fait souvent, s'illustre par une chute des commissures des lèvres…

J'en déduis que, *depuis l'enfance*, Sharon Stone et Michelle Pfeiffer ne se sont jamais étonnées de rien, comprennent tout à la seconde, ne rient pas beaucoup, sans pour autant faire la gueule.

Donc suis énervée quand je lis les déclarations de Michelle Pfeiffer dans *Elle* : « J'ai la chance d'avoir des parents qui font plus jeunes que leur âge », dit-elle pour expliquer son look de jeune fille, puis : « Si vous saviez comme j'ai attendu mes 50 ans… » Là, je me ressers un thé (le troisième de la matinée), renversée par cette interview vérité.

Que je suis bête. C'est vrai, on attend toutes avec tellement d'impatience nos 50 ans.

Et alors nos 60, on piaffe...

Pour mes 70, j'hésite : privatiser le Bus Palladium pour faire la teuf avec toutes mes copines, ou faire un barbecue dans le parc de ma maison de retraite.

Merci *Gala*...

Comprends que pour avoir les vraies informations quant à la sérénité de la quinquagénaire Michelle Pfeiffer, c'est *Gala* qu'il faut acheter...

Oui, c'est étrange mais c'est comme ça : pour comprendre pourquoi Michelle Pfeiffer a l'air d'avoir 15 ans sur la couverture de *Elle* (et à l'intérieur), il faut acheter *Gala*.

En une, c'est Sharon Stone qui « vend » le « Spécial chirurgie esthétique : Elles veulent rester jeunes à tout prix ».

Et là, tout s'éclaire. Dans les pages intérieures, au-dessus de la photo de Michelle Pfeiffer, cette légende : « Une rhinoplastie, des injections d'acide hyaluronique dans les cernes et une lipostructure des pommettes », avec ce commentaire : « Michelle Pfeiffer affiche à 50 ans un visage superbe avec des petites retouches. » Autant dire, rien comparé à ce que fait Madonna : « Botox, acide hyaluronique, dermabrasion pour le teint et ribbon lift technique qui permet de remonter les tissus de l'ovale du visage. »

Dans ce cas, comme le dit Julia Roberts également abonnée à toutes ces techniques, « je n'ai pas peur de vieillir ».

Lâche mes lectures, me dirige vers ma théière, en sors les deux sachets Earl Grey, les essore et les pose sur mes yeux.

Moi aussi je lutte.

PAS ENVIE DE RÉCAPITULER

Non, décidément pas envie, là.

Plus j'y pense, plus ces histoires d'âge me paraissent surréalistes.

Oui, si je réfléchis : entre l'âge que j'ai, celui que je fais, celui qu'on me donne et celui que j'ai l'impression d'avoir, il y a comme un bug.

Lorsque je prononce mon âge, je me sens trahie. Dans ma tête, j'ai entre 20 et 35 ans. Comment je le sais ? Eh bien tout simplement en faisant un petit récapitulatif des personnages féminins auxquels je m'identifie au cinéma.

Dans *Love actually*, je ne suis pas Emma Thompson, mais plutôt Keira Knightley.

Dans les *James Bond*, je ne suis pas Moneypenny, je suis toutes les sublimes filles que James tombe comme des mouches…

Dans *Volver*, je suis Penélope Cruz, pas Carmen Maura.

Dans *L'Arrangement*, je ne suis pas Vanessa Redgrave, je suis Faye Dunaway.

Dans *La Boum*, j'ai été tour à tour Sophie Marceau et Brigitte Fossey, mais dans *Lol* je suis toujours Sophie Marceau, pas Françoise Fabian.

Dans *J'ai quelque chose à te dire*, je ne suis pas Charlotte Rampling, je suis Mathilde Seignier.

Le plus grave pour la fin. Dans *Élisa*, je suis Vanessa Paradis... Oui je sais, c'est maladif, docteur.

Je capitule.

LA VEUVE NOIRE

1er octobre, 21 heures. Dîner chez Garance qui a décidé d'élargir notre cercle d'amis. Ai apporté mon dîner basses calories avec moi. Deux surprises m'attendent. Ma chère et grande amie a troqué ses cheveux poivre et sel contre une chevelure blanche immaculée. Gloups. Elle a par ailleurs invité Sandrine, une copine à elle que je ne connais pas et dont le sport favori est d'être désagréable. Regloups.

Liste des choses à faire :

— Ne plus lire que *Les Échos* et *La Tribune*. Là au moins les chiffres ne mentent pas.

— Demander à François de m'apprendre à jouer au sudoku. Compter jusqu'à 9, c'est tout ce que je peux faire en ce moment.

Peux difficilement en vouloir à Garance, dont le plan de table prévoyait initialement de me placer en face de François. Cette Sandrine que je ne connais de nulle part s'est jetée sur sa chaise. La chienne a décidé que ce soir je serais son os à ronger. Ai juste le temps de demander discrètement à Garance ce qui lui a pris pour ses cheveux.

— Je n'en pouvais plus d'avoir l'air d'être entre deux couleurs, deux âges, alors j'ai choisi le blanc, c'est cool, non ?

— Euh, oui, il faut juste que je m'habitue…, dis-je en m'asseyant en face de la « nouvelle », qui me met une droite, direct :

— Tu es journaliste, alors ? Sale métier, plein de compromis, non ?

— Euh, en ce moment je suis en mode pause. Je ne m'entends pas bien avec mon boss.

— Oui, Garance m'a dit, il te trouve trop vieille… Tu as quel âge ?

— 46, je lance à cette fille sans réfléchir. La seule sans doute à laquelle j'aurais dû mentir.

— Ma pauvre ! Tu dois être mal. Après 45, c'est la chute… La cinquantaine, bientôt !

— Oui, c'est pas top. Un cap, dis-je, un peu décontenancée par tant de franchise.

Garance tente de détourner l'attention de la malveillante : Tu veux du riz avec le saumon, Sandrine ?

— Yes, et dis-moi, la ménopause c'est comment ?

— Je ne sais pas. Je n'en suis pas encore là…

Compte tenu de la tournure que prend la conversation, décide de laisser mes endives à l'eau et mon fromage blanc 0 % dans le frigo de Garance. Pas envie de me faire chambrer.

— Ta fille va mieux, Sandrine, elle s'est calmée avec les mecs ? poursuit Garance, qui déplace habilement le débat.

— Oh oui, elle est très cool en ce moment, on lui a acheté un grand lit, comme ça au moins on sait où elle dort et avec qui…

154

Profite de l'occasion pour enchaîner :

— Ah oui ? C'est pas un peu gênant de prendre le petit déjeuner avec le mec de sa fille ?

— J'ai résolu le problème, je le leur apporte au lit, comme ça pas besoin de boire mon café en face de deux autistes. Puis, avec un naturel déconcertant : Tu ne trouves pas que ça la vieillit les cheveux blancs, Garance, euh, c'est quoi déjà ton prénom ?

Je me disais bien aussi que le coup du « Comment-tu-t'appelles-déjà » devait finir par sortir.

— Alice...

Puis, malgré mon scepticisme quant à la couleur de Garance, je la joue solidaire :

— Non, j'aime beaucoup.

Je pousse un immense soupir, me tourne vers Delphine, quand la folle qui a décidé de me faire la peau poursuit :

— Tu ne manges pas ?

— Euh, non, je suis au régime...

— Ça doit être difficile de garder la ligne, non ? Après 45 ans, c'est l'horreur.

— Je vois un nutritionniste justement.

— Moi, je peux manger ce que je veux, je n'assimile pas les graisses...

— Quelle chance...

— Et ton mari, il vit ça comment, ton flip de la cinquantaine ?

— Euh, je ne sais pas. C'est surtout lui qui va les avoir, les 50 ans...

— Ah là là... L'âge où ils quittent leurs bonnes femmes, les salauds ! Tu dois avoir une pression...

Ne me sens pas bien du tout. Me lève de table.

— Excusez-moi, je reviens tout de suite…

Les garçons parlent politique, et notre joute ne les intéresse pas. Ça tombe bien. Ne me voyant pas revenir, Garance me rejoint. Suis dans la salle de bains où je m'agrippe furieuse au lavabo. Devant le miroir, tente de calmer la force obscure qui me submerge.

— C'est qui cette connasse, Garance, qu'est-ce que je lui ai fait ?

— C'est la femme de Victor, un super ami de Jean.

— Tu as vu comment elle te parle de tes cheveux ? Et moi, qu'est-ce qu'elle me veut ?

— Elle est super mal dans sa peau, t'inquiète pas.

— Mais putain, faut l'enfermer, elle est nocive…

— Envoie-la chier un bon coup, ça va la calmer. Viens, on y retourne.

De retour à ma place, ne dis rien. Écoute. Elle entreprend Sonia maintenant :

— T'es presbyte ? C'est normal, à partir des 40, ça commence.

— Toi aussi tu as ça ? interroge naïvement Sonia.

— Non, moi j'échappe à ce truc de vieux. Je suis myope comme une taupe… et quand on est myope, on ne peut pas être presbyte, du moins pas aussi tôt…

— Quel bol ! répond Sonia, qui n'y voit que du feu. Tu fais quoi comme boulot ?

— Je suis ophtalmo. J'ai fait le bon choix, je crois, pas de chef, mes propres horaires…

156

— Je viendrai te voir alors, parce qu'il faut vraiment que je m'occupe de mes yeux.

— Pas de problème. Je te ferai ça à l'œil.

Sonia, définitivement conquise : C'est vachement gentil.

Puis Sandrine fixe les yeux de Sonia.

— Tu as déjà pensé à t'occuper de tes paupières ?

— Mes paupières ? s'étonne Sonia.

— Tu as des paupières à la Charlotte Rampling. Jeune, c'est magnifique, mais après, elles retombent, forment un pli et c'est vraiment pas beau… Moi, j'ai des paupières qui ne tomb…

N'étant plus attaquée frontalement par cette psychopathe, retrouve mon sens de la repartie pour défendre Sonia et remettre à sa place cette salope :

— En fait, tu es la fille parfaite. Tu ne grossis pas, tu n'es pas presbyte, tu as un boulot génial, tu as des paupières qui ne tombent pas, ton mec ne te quittera pas… Mais dis-moi, tu ne serais pas super con ?

RÉCAPITULONS

Tout comme nous avons toutes un Dennis Quaid pour nous humilier, nous avons généralement parmi nos relations une personne nocive, dont l'objectif est de nous enfoncer la tête sous l'eau.

Cette femme va toujours très bien, est parfaite, fait les bons choix, n'a peur de rien ni de personne, les mots s'échappent de sa bouche comme des crapauds des lèvres d'une sorcière.

Dans la mesure du possible, évitez de rencontrer ces personnes lorsque vous vous sentez fragile.

Mais si vous êtes en forme, la néfaste peut être un objet d'étude intéressant.

Interrogez-la, intéressez-vous à elle. Poussez-la à dire ce qu'elle a dans le ventre, c'est seulement comme ça que vous comprendrez à quel point sa posture n'est qu'une défense, et qu'au fond elle est aussi fragile que vous.

Si vous n'avez aucune envie de vous confronter à ce genre de femmes, n'en avez ni la force, ni le courage, ni l'envie, ne répondez que par monosyllabes. Soyez grossière et détournez-vous d'elle pour parler à votre voisine de gauche.

Désarmez-la. Avec humour, demandez-lui simplement pourquoi elle est aussi agressive, odieuse, fichez-vous d'elle gentiment. Si elle est aussi intelligente que peste, ce sera sans doute la meilleure manière de la calmer.

Faites comme moi, attendez d'être à bout pour l'insulter. C'est très libérateur.

Dans tous les cas, ne tendez surtout pas l'autre joue. Cette saleté laisse souvent des marques.

NE MANQUAIT PLUS QUE MA MÈRE...

3 octobre. Cette malfaisante de Sandrine m'a bien énervée. Heureusement, ma chère maman s'inquiète pour moi. Pourquoi je ne donne pas plus de nouvelles ? Décide de faire un saut à Meudon pour la rassurer.

Liste des choses à faire :
— Ne jamais devenir comme ma mère.
— Parvenir à faire avouer à François qu'il me trompe.
— Enfermer ma mère et Sandrine dans une cage au zoo de Vincennes et leur jeter des cacahuètes.

Suis dans le train, encore plongée dans *Millénium* tome 1. Ne comprends toujours rien à l'intrigue. Trop de noms, de personnages. Me concentre sur les trois héros. Attends avec impatience le jour ou Lisbeth Salander et Mikael Blomkvist vont se rencontrer. Suis sûre qu'il va se passer des trucs entre eux. Gare de Meudon. Remets mon bouquin dans mon cabas VB, descends. Ma mère, toujours aussi pimpante et chic, est là. 76 ans. Elle ne les fait pas. Quelque chose dans son visage a changé. Jamais je ne serai aussi bien à son âge. On tombe dans les bras l'une de l'autre.

— Maman !

— Alice !

Puis elle me regarde intensément.

— Tu as l'air vraiment fatiguée, ma chérie, je vais m'occuper de toi...

Préfère oublier la première partie de la phrase pour me concentrer sur la seconde. S'occuper de moi, quel bonheur ! Je me sens soudain toute petite... Ma maman va s'occuper de moi.

Ce sentiment doux, rassurant, ne dure pas. Dans le salon, sur le canapé comme chaque fois que je lui rends visite, une tasse de thé sur les genoux, ma mère attaque :

— Alice, j'ai bien réfléchi. Tu arrives à un âge difficile...

— Euh, Maman, je sais, tu ne veux pas me parler d'autre chose, y en a déjà une qui m'a pourrie avec ça.

— Chérie, ce que tu communiques aux autres est important. Il faut que tu commences à t'occuper un peu de toi.

Ai soudain l'impression d'avoir 9 ans quand ma mère me demandait chaque jour si j'avais pris ma douche, m'étais lavé les dents, avais brossé mes cheveux et mes ongles.

— Pardon ?

— Oui, ta façon de t'habiller, ça te va très bien, mais tu as plus de 45 ans maintenant...

— Et alors ?

— Eh bien, c'est comme tes cheveux... Ils sont trop longs. Tu n'as plus l'âge. Tu devrais les faire couper.

— Mais j'adore mes cheveux ! C'est moi, mes cheveux...

— Oui, moi aussi j'adore tes cheveux. Mais longs avec tes robes liberty sur tes jeans, tes gilets, tes santiags, quand ce ne sont pas des sabots, c'est bien quand on a 35 ans... Tu dois accepter...

— Maman, je ne vais pas tout changer parce que je vieillis. Sinon, je ne suis plus rien. C'est comme si tu me demandais de passer un bac S alors qu'un sinus pour moi ça se trouve du côté du nez et une racine, forcément dans les cheveux !

— Et tes jeans déchirés...

Je repense soudain à la remarque de Dennis Quaid : « Tu me fais penser à mon fils de 14 ans avec tes jeans troués... »

Qu'est-ce qu'ils ont ces deux-là ?

Elle sur sa lancée : Tu ne vas pas au bureau comme ça j'espère ?

— Mais on ne nous juge pas là-dessus au boulot ! Je ne suis pas en représentation, je ne suis pas commerciale... et je n'ai plus de boulot pour l'instant de toute façon !

— Justement, c'est le moment d'amorcer le virage. Toi qui es si douée pour les contacts, le commercial...

— Mais de quoi tu me parles ! Tu veux que je change de métier aussi ? On efface tout et on recommence ?

— Ce n'est pas ça. Mais regarde... Tes cheveux, Alice. Elle les attrape et place sa main au niveau du menton. Une coupe au carré... Ce serait parfait. Et puis sa main glisse sur mon visage : Tu ne crois pas que les petites rides, là (pattes d'oie), là (autour de la bouche), et là (dessus des lèvres), tu pourrais pas aller voir quelqu'un ? Moi j'y suis allée, tu as vu mes paupières...

Ah voilà, c'est ça que j'ai repéré à la gare !

— Tu t'es fait refaire les paupières ?

— Il faut ce qu'il faut. Robert est ravi. Une jolie femme qui vieillit doit être encore plus vigilante que les autres.

— Tu veux dire que quand on est moche, c'est pas grave de vieillir, on est habituée ? C'est pas une ride en plus ou en moins qui va changer quoi que ce soit ? Tu es vraiment sidérante...

— Je te dis juste ce qui est. Le regard des autres est impitoyable. Une belle femme n'a tout simplement pas le droit de vieillir ! Tu crois que ton mari ne voit pas les filles plus jeunes qui rôdent ?

Voilà. Ma mère s'est bien occupée de moi.

Maintenant je sais pourquoi je ne viens pas la voir plus souvent.

Ne pensais pas repartir si vite. Dois quitter le château, sinon elle va m'enfermer dans le donjon. Et à mon âge, pas un prince ne prendra la peine de me libérer des griffes de ma mère...

Le soir même, suis de retour. François et toutes ces jeunes femmes qui rôdent... Il va voir, le François.

162

— Je te dis que je suis myope. Je ne vois rien à deux mètres…, se défend François.

— C'est bon maintenant, ça fait dix ans que tu me sors la même rengaine. Avoue que tu mates les nanas, et puis voilà ce sera réglé.

— Je voudrais bien te faire plaisir, mais non, c'est faux. Arrête de me chercher !

— De toute façon depuis le premier jour, je sais que tu fais les choses par en dessous. Tu es fourbe. Tu me connaissais depuis une semaine seulement et tu prenais le téléphone de Lucie, au cas où…

— Alice, ça fait vingt ans, tu ne vas pas m'en parler toute la vie.

— Ben si, parce que cette fois-là je t'ai attrapé, mais depuis tu as pu faire tout ce que tu voulais et je n'en sais rien. Je suis vieille, tu comprends, vieille, ne me dis pas que tu n'es pas tenté ?

— Non, affirme-t-il, amusé.

— Mais merde, quel hypocrite, tu ne vas pas me dire que pas une petite fois ?

— Non, non, et non, répète-t-il fermement.

— Sale menteur, tous les mecs trompent leurs femmes, toutes les familles sont décomposées, et il y a un héros sur terre, un seul, et il est à la maison ? Tu me prends pour une conne.

— Putain, Alice, tu commences à me courir…

Ça y est, François est agacé, enfin.

— Ben voilà, t'es moche, t'es vieille, et je me tape tout ce qui bouge…

— Ça va, ça va, je ne te demande pas de me dire n'importe quoi, je te demande d'admettre que tu n'es pas un extraterrestre.

— JE suis un extraterrestre, et toi tu es une chieuse...

Je bondis de mon siège, hystérique.

— Rien du tout, tu me mens depuis dix ans, une belle femme n'a pas le droit de vieillir et les jeunes femmes rôdent... (Je n'en reviens pas de recracher littéralement la phrase de ma mère.)

— Mais c'est quoi ces conneries ? T'as eu ta mère au téléphone... ou quoi ?

Je me laisse tomber sur le fauteuil, me mets à sangloter.

— Non. Je l'ai vue aujourd'hui, je te l'ai dit, mais tu ne m'écoutes pas, et elle pense que je dois me faire couper les cheveux, que ce n'est plus de mon âge..., que j'ai des rides et qu'il faut les enlever, et que...

Il me prend dans ses bras et me berce comme un bébé.

— Alors ça, je t'interdis. Tes cheveux, je les aime comme ça, mon petit Mooglie. Et puis tes rides elles sont mignonnes...

RÉCAPITULONS

Ma mère...

Si vous avez la même, vous devez vous en méfier. Elle dit toujours ce qu'elle pense, c'est pour votre bien, elle est donc inattaquable. Vous luttez, tentez de la contrecarrer, mais avec elle, votre cerveau devient aussi poreux qu'une pierre ponce.

Elle a forcément raison. Normal, elle est déjà passée par là, donc elle sait de quoi elle parle. Quand vous aviez 17 ans, c'était légitime, et encore. Lorsque vous en aviez 30, sa manière de vous souffler votre incompétence en matière d'éducation des enfants, c'était difficile à supporter.

Aujourd'hui, alors que vous passez peu à peu dans son camp, celui des trop vieilles, c'est inaudible.

Alors...

Laissez-la parler en pensant à la dernière expo de Soulages qui vous a tant emballée.

Dites-lui que vous allez parfaitement bien et parlez-lui d'elle, de son jardin, de ses recettes de cuisine, de sa santé, de ses cours de sculpture.

Votre mère a à peine dix-huit ans d'écart avec vous et depuis toujours elle vous perçoit comme une rivale.

Mettez de la distance entre elle et vous... Vos cheveux longs la dérangent toujours autant, votre minceur, votre teint, votre manière de vous habiller aussi... Maintenant qu'elle est trop vieille, c'est encore pire : vous lui renvoyez ce qu'elle était il n'y a pas si longtemps. De votre côté, vous voyez sans doute chez elle ce que vous allez devenir...

Votre mère est bien dans sa tête. Une maman admirative qui ne vous juge pas, vous aime telle que vous êtes, qui accepte de vieillir malgré la difficulté que cela représente. Qui a sa vie, ses passions... Aimez-la sans compter.

LA LOI DU PLUS COURT !

5 octobre. Ma mère a raison, j'en ai peur. Je note qu'à partir de 40, 50 ans, les femmes se coupent les cheveux. Existerait-il une loi du savoir-vieillir que j'aurais ratée ? Sonia, Delphine, Garance et moi commentons cet acte définitif, engluées dans la boue au hammam de Saint-Denis.

Seule chose à ne pas faire
— Couper mes cheveux.

— C'est quoi ces généralités, Alice, les femmes se coupent les cheveux dès 40 ans… ? Et Monica Bellucci, alors, et toutes ces nanas qui se font coller des rajouts ? proteste d'emblée Garance avec ses cheveux blancs tout neufs ramassés sur la tête.

— C'est ma mère, elle m'a plombée avec ça, m'a fait un cours sur mes cheveux, mes fringues…

— En fait, ça fait plus jeune, les cheveux courts, c'est tout, Michèle Laroque était au *Grand Journal* l'autre jour, les cheveux courts,

167

elle est vraiment bien…, lance Sonia qui glisse sur les fesses pour la troisième fois.

— Sophie Marceau aussi vient de se les faire couper comme dans *La Boum*, et maintenant elle a l'air d'avoir 20 ans, répond Delphine, qui a de la boue jusque dans la bouche.

Garance acquiesce : Ah, c'est ça, j'avais pas fait gaffe… T'as raison, on dirait une gamine dans le *Elle* spécial « Stars sans fards »…

— Même Isabelle Huppert les a coupés, alors qu'elle est plutôt cheveux longs, comme fille, j'ajoute en me retournant sur le ventre.

— Tu sais ce qui doit être chiant ? lance Garance, comme si elle venait d'avoir une révélation. C'est qu'on ne dit plus d'elles qu'elles sont belles, mais qu'elles font jeunes !

— De toute façon, quoi qu'on fasse, vieillir c'est mal. On se coupe les cheveux, c'est pour faire jeune. On les garde longs, c'est pour faire jeune. C'est sans solution, j'enchaîne, dégoûtée.

— Moi un mec vieux qui a les cheveux longs, je ne me dis pas qu'il veut faire jeune…

— Le pire, c'est lorsqu'elles les coupent vraiment court… Sharon Stone dans la pub Capture totale de Dior, elle a l'air d'une mémé, s'aventure Sonia. Et tu l'as vue en couverture du *Paris Match*, cheveux dressés sur la tête, en guêpière, les seins à l'air ? On dirait qu'elle sort du cirque Gruss.

— T'y vas un peu fort, non ? intervient Delphine.

— Non, je trouve que se couper les cheveux, c'est un peu comme en finir avec la féminité, décréter que la sensualité n'est plus pour nous… Comme si on prenait les devants sur la ménopause et qu'on cessait d'être des femmes, poursuit Sonia, décidément très inspirée.

Moi, réalisant soudain le malaise qui m'a prise l'autre jour : Mais vous savez que les cheveux longs, c'est vicieux... L'autre jour, dans ma voiture, je sentais qu'un mec matait mes cheveux.

— T'as des yeux dans le dos toi, c'est bien connu, ricanasse Delphine.

— Ne te fous pas de moi, je le sentais c'est tout... et puis il s'est penché pour voir la tête que j'avais. Eh bien, je suis sûre qu'en voyant ma tronche, il s'est dit, merde c'est une vieille.

— C'est ce que je disais, t'es parano, tu penses à la place du type, dit Delphine. En tout cas, je ne connais pas un mec qui préfère les cheveux courts chez les nanas...

— Il y en a une qui est sublime avec ses cheveux courts, c'est Inès de la Fressange, dit Sonia, mais elle, c'est sa marque de fabrique.

— Quoi qu'il arrive, moi je les garde comme ça...

Sonia et Garance en chœur :

— Comme Sylvie Vartan.

— Ouais, exactement.

— Oui, garde-les longs comme ton idole... et surtout ne les démêle pas... Le côté pas bien réveillé, c'est ça qui fait ton charme, se moque Garance.

— Mais c'est comme ça que je me sens bien moi, avec les cheveux pas bien coiffés, comme quand j'étais petite.

RÉCAPITULONS

C'est un fait, peu de femmes décident de se laisser pousser les cheveux à partir de 40, 45 ans. En règle générale, elles les coupent. Beaucoup invoquent l'aspect « pratique », moi je n'y crois pas.

Une belle chevelure me semble être un signe extérieur de séduction, de féminité, de sensualité. Avec l'âge, elle devient encombrante, parce qu'elle vous rend voyante, or vous n'avez peut-être plus envie de l'être autant, que l'on vous regarde de trop près. Comme si votre visage n'était plus à la hauteur de vos cheveux.

Soit.

Mais moi je ne suis pas prête à me mutiler.

Vous pensez qu'il y a un âge où la dignité est de mise, et que cela passe notamment par une coupe « comme il faut », c'est-à-dire courte... ? Pourquoi pas. Cela signifie peut-être que vous n'êtes pas aussi névrosée que moi.

Le meilleur compromis ? Les cheveux mi-longs. Personne ne vous juge. Ni trop longs, ni trop courts, vous êtes à votre place quel que soit votre âge. C'est un peu comme pour les jupes. Une question de dosage... Portez une minijupe à 50 ans, ce sera mal vu, portez-la juste au-dessus du genou, et personne n'y trouvera à redire.

MOI, DES CHEVEUX BLANCS ?

6 octobre. C'est l'apocalypse. Viens d'apercevoir en m'épilant les sourcils de petits cheveux blancs dans ma tignasse habituellement châtaine. Jurerais que ces jeunes pousses n'étaient pas là hier. Me demande s'il y a un Cheveu en chef responsable de cette attaque survenue dans la nuit, décide aussitôt de neutraliser l'ennemi. Au cas où la chasse au poil blanc échouerait, ai acheté une teinture au Monop.

Liste des choses à faire :

— Assurer mon avenir en passant un CAP coiffure.

— Dire à Garance que le casque de cheveux blancs n'est pas une bonne idée.

— Demander à François par texto d'éviter de me parler ce soir de ma nouvelle couleur de cheveux.

Armée d'une pince à épiler, entreprends, grimpée sur le lavabo, de supprimer les intrus, la tête collée contre la glace de la salle de bains. Normalement, je devrais en venir à bout : on ne voit qu'eux, ils sont frisottés alors que j'ai les cheveux raides, et ils sont plus épais que les autres.

Une demi-heure plus tard, j'ai de quoi remplir un album ! Étrangement, il y en a toujours autant sur ma tête. Renonce, les bras ankylosés, à poursuivre l'opération. Sors de leur boîte les mixtures que je viens d'acheter, un mélange châtain « couvrant durablement les cheveux blancs », et me lance dans cette périlleuse entreprise.

À en croire le dépliant, je sortirai de là aveugle si une goutte de produit a le malheur de tomber dans mes yeux, les mains calcinées si je ne mets pas les gants en plastique, chauve si je ne fais pas un test allergie avant de couvrir mon cuir chevelu... Tant pis pour le test. N'ai pas le temps. Il y a urgence. Chasser les importuns avant qu'ils ne se croient chez eux.

Une petite boule au ventre, j'attrape les deux récipients, mélange les contenus, secoue le tout, enduis mes cheveux de ce liquide visqueux marronnasse et me colle un bonnet de douche sur la tête en prenant soin de sortir mes oreilles de là-dedans.

Très choli.

Profite de ces quinze minutes d'attente pour appeler Garance. Une fois mes expériences relatées, elle m'annonce, triomphante :

— Eh bien moi, je suis très contente de mes cheveux en blanc !

— Putain, Garance, je voulais t'en parler, mais qu'est-ce qui t'a pris ? Tout noirs, ça te va tellement bien avec tes yeux verts...

— Ouais, mais aller chez le coiffeur tous les quinze jours, je n'en peux plus…

— Mais pourquoi tu fais pas comme moi, les teintures à la maison, c'est génial et pas cher ?

— Tu rigoles, ce ne sont pas des cheveux blancs, mais des poils de cul que j'ai sur la tête.

— Ah, toi aussi ? Ils n'ont pas la même texture, et frisent à moitié… Et tu crois que mon produit ça va marcher ? Merde, ça y est, faut que j'y aille. Quinze minutes.

— Tiens-moi au courant. Comme tu as les cheveux plus fins, peut-être que ça le fera.

Lâche mon iPhone, me jette dans la salle de bains.

Le lavabo, la baignoire, le mur, le sol… C'est simple, tout est terre de Sienne. Les rebelles ne résisteront pas au traitement, c'est sûr.

Je rince, lave, relave, nettoie toutes les taches au passage, sèche mes cheveux.

Le moment que je redoute ; me regarde dans la glace.

Ne suis pas châtain, mais noir corbeau.

M'approche de la glace. Noir bleuté, plutôt. Ça ne me va pas du tout. Me rapproche encore, et là, j'aperçois les envahisseurs. Toujours aussi vivaces.

Au milieu de cette forêt noire, les abrutis sont bien plus blancs qu'avant.

RÉCAPITULONS

Un coup de chance, nous les filles, nous ne devenons pas chauves.

En revanche, les cheveux blancs, on n'y coupe pas.

Si vous commencez tout juste à les apercevoir et si vous êtes une apprentie chimiste comme moi, vous allez tout essayer avant de vous rendre chez un coiffeur. Teintures professionnelles, eau oxygénée, eau de Javel de la piscine municipale… Personnellement, j'en suis encore là. Et même si les résultats ne sont pas toujours très concluants, je résiste. Lorsque les cheveux blancs prendront le dessus, je me résoudrai à perdre deux heures chez une coiffeuse que je déteste d'avance. Parce qu'elle va me toucher la tête, me mouiller le cou avec son pommeau de douche, me tendre *Public et Closer*, me parler de ses vacances à Djerba, me dire que mes cheveux sont fourchus, me convaincre de les couper, me faire un clin d'œil en me tendant un miroir pour voir le résultat de dos… Le supplice.

Vos cheveux sont comme ceux de Garance ou Sonia, blancs depuis que vous avez la trentaine. Dans ce cas, le cheveu blanc n'est pas un « signe de vieillissement », mais une « sombre histoire de dépigmentation ».

Vous serez la psychologue, celle qui sait. Votre rôle est tout simple. Lorsque votre bonne copine déboulera catastrophée en vous jetant : « C'est horrible, j'ai des cheveux blancs partout ! », un seul geste de votre part suffira à la calmer : vous baisserez la tête à hauteur de ses yeux, écarterez vos cheveux avec vos doigts pour qu'elle voie vos racines blanches immaculées, puis vous vous redresserez, verrez l'air horrifié de votre amie, mais sourirez quand même : « Ça fait vingt ans que je suis fourrée chez le coiffeur toutes les deux semaines. »

Ensuite, tout est une question de goût.

La méthode casque blanc est une solution : mais il faut pouvoir la porter. Je fais confiance à Garance, elle reviendra à ses cheveux noirs.

Le look mèches ou balayage est sans doute le plus adapté aux cheveux mixtes. Il n'y a qu'à regarder Claire Chazal présenter son journal : qui se douterait qu'en fait elle n'a plus que des cheveux blancs sur la tête, à part nous, trop vieilles et médisantes ?

La méthode « mélange subtil » de plusieurs teintes allant du brun au châtain en passant par quelques mèches blondes a son charme également. C'est ce que j'obtiens en mélangeant plusieurs boîtes de teinture que je verse sur des surfaces de mon crâne habilement délimitées au préalable. Ça fait très nature… « Sauvageonne et plus de ton âge », dirait ma mère.

UNE FEMME SOUS INFLUENCE

8 octobre, 21 heures. Suis sous influence. Ma mère, *Elle*, *Gala*… Teste François pour savoir ce qu'il pense de la médecine esthétique… Que du mal. Les mutants auxquels je n'ai rien demandé, eux, sont radicalement contre.

Liste des choses à faire :

— Convaincre François des bienfaits que le botox aura sur notre sexualité.

— Annoncer aux enfants que l'été prochain ils n'iront pas à Londres pour parfaire leur anglais : j'ai besoin de cet argent.

— Ne parler à personne de mes rendez-vous avec Maryna, même pas à Garance.

— Poursuivre le régime Touboul. Ai déjà perdu trois kilos.

Lumières tamisées. Grignotage dînatoire au bar, avec pour moi asperges sans mayonnaise et yaourt aux fruits 0 %. Attaque d'emblée sur le thème qui me « chiffonne ».

— Mais quelles rides, Alice ? m'interroge François, qui me ressert sa myopie.

Je pointe méthodiquement les zones aimablement signalées par ma petite maman.

— Là (pattes d'oie), là (front), et là (au-dessus de la bouche).

— C'est rien, tu n'as pas besoin de faire quoi que ce soit.

Ethan et Camille lui donnent raison.

— Ah non, maman, tu es très belle comme ça. Ne fais pas comme toutes ces actrices... Tu es parfaite, me flatte Camille, qui, j'en suis sûre, n'en pense pas moins.

— Et puis c'est dangereux, des piqûres sur le visage, ajoute Ethan, qui a déjà mal pour moi.

François renchérit : Mon amour, tu feras ça plus tard, quand tu auras 60 ans... Là tu es bien, tu as déjà perdu trois kilos, tu devrais être contente. Plus tard tu toucheras à ces cochonneries, mieux ce sera.

— 60 ans ! Je me sens ridée, vieille, et toi tu me dis d'attendre quinze ans. Mais d'ici là tu m'auras déjà larguée si je ne fais rien ! Et puis ce ne sont pas des cochonneries.

— Oui, tu as raison, il n'y a qu'à regarder Emmanuelle Béart... avec sa bouche fraise écrasée.

— Arrête, ça fait quinze ans que tu me parles de la bouche ratée d'Emmanuelle Béart. Et puis, je ne vais rien faire à ma bouche, ce sont mes rides qui...

— Arrête avec ça, c'est ridicule, et en plus ça doit coûter très cher...

Sens que le terrain devient glissant. Sujet clos pour ce soir. Reviendrai à l'attaque un autre jour. À moins que... je n'en fasse qu'à ma tête, comme dirait Dennis Quaid.

Le lendemain, appelle cette attachée de presse, Caroline, qui, me voyant déprimée, m'a conseillé cent fois d'aller voir sa Maryna Taïeb.

— Pas de problème, je t'accompagne, moi aussi je dois aller la voir...

Mets en vente deux sacs au prix indécent sur eBay. Ne veux pas que François imagine que je dépense notre argent pour me payer un nouveau visage.

Deux jours plus tard, me retrouve chez Maryna, avenue George-V. Rien que ça.

Caroline est comme un poisson dans l'eau. Connaît les assistantes, les médecins. Moi, suis comme une jeune fille qui viendrait avec sa mère demander la pilule à la gynéco pour la première fois.

Dans la salle d'attente, il y a de tout. Des jeunes qui se sont sûrement trompées d'adresse, des comme moi qui commencent à décliner, et des plus vieilles... qui font plus jeunes que moi. Ferais bien demi-tour. Trop tard.

Maryna apparaît. Belle femme brune, la cinquantaine. Elle embrasse Caroline, puis vient vers moi, très professionnelle. Je me lève telle une écolière jupe-plissée-cartable-et-soquettes-blanches, souris, lui serre la main, et nous voilà dans son cabinet. Me fais toute petite. Les laisse papoter. Me sens de trop, quand j'entends :

— Venez vous asseoir ici que je vous voie.

Son lit de camp n'a rien à voir avec celui de Wish ou de David Hasselhoff. C'est du cuir ! Son Sopalin géant, lui, est en tissu…

— Vous avez quel âge ?

Lui mens : 44.

Pleins phares sur moi, elle m'ausculte le visage.

— Vous prenez beaucoup le soleil, non ?

Lui mens à nouveau : Comme tout le monde, l'été, et je fais des UV de temps en temps…

— Plus que tout le monde, à mon avis. Il va falloir arrêter. Votre peau est plus vieille que vous !

Franc. Massif. J'accuse le coup, ne rectifie pas mon âge, aurais l'air encore plus ridicule, tends l'autre joue.

— Vous mettez de l'autobronzant aussi, vous avez des points noirs et vous êtes orange près des cheveux…

Ce n'est plus une question, mais une affirmation, donc je ne me donne même pas la peine de répondre.

— Il faut redonner des vitamines à votre peau, combler certaines rides, en botoxer d'autres…

— Mais moi, je venais juste pour ça. Recommence mon petit manège : Là (le front), là (les pattes d'oie), là (au-dessus des lèvres).

— Ça, c'est un détail. Ce qui m'ennuie le plus, c'est la texture de votre peau, elle est déshydratée…

Bing. Voilà pour l'autre joue.

— Et ça se soigne ?

— Oui, avec des mélanges de vitamines et d'acide hyaluronique… Mais c'est assez long…

180

Il faudra prévoir plusieurs séances… En attendant, je vais combler certaines de vos rides.

Après m'avoir nettoyé la peau, Maryna fait l'état des lieux. Prend un crayon gras, et comme dans *Grey's Anatomy*, entoure les endroits qu'elle a l'intention de traiter.

— C'est un peu désagréable, me prévient-elle.

Ma dernière injection, c'était il y a treize ans. Une péridurale. Douleur aiguë, profonde… L'arrivée d'Ethan. Prends peur. Et si j'étais allergique ? Et si j'avais une gangrène du visage ?

Trop tard. Maryna attaque. Sens la seringue entrer dans la chair. Empoigne les bras du fauteuil.

Ailes du nez, dessus des lèvres, milieu des sourcils, menton…

— Zut, je l'ai ratée celle-là, se reproche-t-elle comme s'il s'agissait d'une mayonnaise qui tourne.

— Ratée ? je marmonne, légèrement inquiète.

Elle prend une compresse, l'applique sur mon menton, appuie très fort pour atténuer l'effet de son « ratage ». Puis met ses doigts gantés dans ma bouche et masse bien fort là où elle a inoculé le poison… euh, pardon, le produit.

— Vous aurez peut-être un petit bleu… mais ce n'est rien.

Elle nettoie ma peau, efface ses petits dessins.

— Voilà !

Elle me tend un miroir.

Légèrement enflée par endroits, rose à d'autres, avec de petits points rouge sang sous cette lumière aveuglante, fais semblant d'être emballée :

— Génial !

Mais on ne la lui fait pas à Maryna.

— Dans une semaine, vous me direz « génial », dans l'immédiat ne bronzez pas, évitez de mettre de l'autobronzant, massez bien les endroits où j'ai injecté de l'acide hyaluronique pour qu'il ne stagne pas par paquets…

— Waoo ! Par paquets ?

— Oui, massez bien…

Maryna nous raccompagne. Me donne un autre rendez-vous dans quinze jours.

— La prochaine fois, je traiterai votre peau.

Une fois sortie, sa carte de visite à la main, je laisse Caroline, grimpe dans ma C2 et examine mon visage dans le rétroviseur. Rien de génial effectivement. Dois absolument me maquiller au cas où un mec aurait l'idée de tomber raide dingue de moi.

En fait, au cours de la journée, les petits bleus sont devenus grands et violacés. Comme si je m'étais fait frapper par un mastard au coin d'une rue sombre.

Le soir, tente de camoufler ces deux hématomes avec de l'anticernes afin d'éviter les remarques familiales et prépare ma réplique.

François ne voit rien. Ben oui, il est myope… Camille et Ethan, eux, mènent l'enquête :

— Maman, tu as quoi là ?

— Rien, je me suis cogné le menton en rangeant les placards de la cuisine.

— Mais comment tu as fait ? Tu en as de chaque côté de la figure ! m'inspecte Camille.

— J'ai dégringolé du tabouret la tête la première… Qui veut encore des pâtes ?

RÉCAPITULONS

Être bien dans sa peau a un prix. Cessez de courir les boutiques, d'aller chez votre psy et mettez chaque euro de côté. Et si vous tombez sur une Maryna Taïeb, intelligente, sensée, qui respecte votre visage et calme vos caprices, ne la lâchez pas.

CENT ANS ?

11 octobre. Il paraît que nous allons tous vivre jusqu'à 100 ans. Maryna va avoir du travail... J'ai intérêt à prendre rendez-vous dès maintenant pour les trente années à venir.

Chose à faire :
— Déshériter Camille et Ethan au profit de Maryna.

Quand j'ai lu ce matin qu'on allait vivre jusqu'à 100 ans, me suis dit que c'était une bonne nouvelle.

Deux minutes après, j'étais déprimée.

Un quart d'heure plus tard, me suis mise à réfléchir... et mes vertiges paroxystiques bénins sont revenus à l'attaque.

Comment vais-je faire, moi, déjà trop vieille, pour tenir toutes ces années, au cours desquelles je serai fatalement trop vieille au cube ?

Oui. Parce que je veux bien avoir 100 ans, mais rester en grande forme, belle, mince, alerte.

Ai le tournis. Dois impérativement cesser de me projeter dans l'avenir.

RÉCAPITULONS

Je crois que j'ai tout dit. Ne vois rien d'autre à ajouter. Ah si, pardon, dois appeler Garance, Sonia, et Delphine pour leur demander ce qu'elles pensent de *la vie en communauté à partir de 80 ans*.

DOUZE ANS DE MOINS QU'ELLE !

12 octobre. Piscine de Courbevoie, 8 heures du matin. Garance et moi avons décidé de bouger nos corps. Lunettes, bonnet, maillot une pièce. Parées pour une heure de brasse coulée...

Pas de liste aujourd'hui

Garance a une copine de 53 ans qui vit le grand amour avec un « jeune » de 41 ans.

Moi, éberluée : Douze ans de différence ?

— Oui. Tu te rends compte ? me lance Garance, très satisfaite de son effet.

— Elle ne fait pas trop vieille à côté de lui ?

— Ben, écoute non, c'est surtout lui qui fait jeune en fait.

— Oui, évidemment. Ça dépend d'où on se place. Pour nous, c'est lui qui est jeune, pour ses potes à lui, c'est elle qui est vieille...

Garance, pensive : Tu te souviens, il y a quoi, cinq ans, sept ans, la flopée d'articles sur la génération Peter Pan. Eh bien, hier, j'avais l'impression d'avoir Wendy et Peter en face de moi. Des tourtereaux. Très craquants... On sent qu'il n'y a pas de rapport de force, d'enjeu...

— Tu veux dire qu'ils se complètent bien ?

— Tu as surtout l'impression qu'ils savent pourquoi ils sont ensemble, explique-t-elle, rêveuse.

— Ah, parce que nous, on ne sait pas ?

Garance, en pleine réflexion existentielle : Parfois, j'ai l'impression que pour nous, les signaux sont un peu brouillés depuis le temps. Eux savent qu'ils n'auront pas d'enfants ensemble, par exemple. Et rien que ça, c'est énorme. Ils ne s'inventeront pas d'histoires, ils ne resteront pas ensemble pour des mauvaises raisons.

— C'est gai ce que tu racontes. En fait, nous on reste avec nos maris pour de mauvaises raisons…

Garance se réveille enfin : Non, ce que je veux dire, c'est qu'être avec une femme de 53 ans, quand on en a 40, est un vrai choix de vie qui implique une certaine maturité. Le projet de vie est différent. Il n'y a pas de malentendu.

— Moi je crois que si j'étais sa pote, je lui dirais de faire attention.

— T'inquiète, elles se sont bien occupées d'elle. Elles lui ont conseillé d'arrêter tout de suite avec lui parce qu'elle allait vieillir seule.

— Si je peux me permettre, c'est plutôt lui qui va vieillir seul !

— Tu es glauque. La seule chose qui puisse bouleverser leurs plans, c'est l'envie d'un enfant…

— Oui, tout peut arriver, il peut aussi s'apercevoir qu'il est homo et se barrer avec un beau DJ… Bon, on y va ?

RÉCAPITULONS

Je n'irai plus jamais nager avec Garance.

LE PIÈGE FACEBOOK

13 octobre. Facebook est le dernier salon où l'on cause. Coupée du monde depuis maintenant un mois, ai décidé de m'y inscrire. Vais-je, comme il est recommandé, donner ma date de naissance ? Quelle photo choisir ? Rage. Désespoir. Vieillesse ennemie.

Liste des choses à faire :
— Cesser de confondre arrêt maladie et congé maternité.
— Décider une bonne fois pour toutes d'une date de naissance et m'y tenir.

Ne pensais pas qu'un acte aussi anodin me plongerait dans une telle perplexité. Une photo ? Ils veulent mon CV aussi. Et puis mes opinions politiques. Et puis ma religion…

Comprends mieux les réfractaires à FB. C'est une succursale du FBI ici.

Mais moi, ce qui me dérange, c'est de remplir la ligne date de naissance. Passe dix minutes dessus, puis décide que non. Pas d'âge ici. Ça ne les regarde pas. J'ai eu assez de mal à passer aux aveux. Je ne vais pas me griller dans le monde entier.

Pour la photo, c'est le dilemme. N'ai trouvé que deux tirages potables. Costumée en Angélique marquise des Anges pour le mariage de ma sœur en juin 2008. Photographiée par Momo il y a vingt ans... Opte naturellement pour cette dernière qui ne manquera pas de susciter les bavardages de mes copines. Qu'est-ce que j'étais fraîche en 1989, j'en pleurerais presque ! Préfère ne pas imaginer l'état de Catherine Deneuve en se revoyant dans *La Sirène du Mississippi*...

La première réaction est celle de Garance qui vit sous perfusion avec son ordi.

— Allô, Alice ?

— Tu sais que là il est 7 heures ?

— Dis donc c'est la révolution, toi sur Facebook...

— Oui, mon congé maternité me fait faire n'importe quoi.

— Arrêt maladie, me reprend Garance.

— Qu'est-ce que j'ai dit ?

— Congé maternité.

— Bonjour le lapsus.

— Je ne te le fais pas dire. Tu as mis la vieille photo que Momo a faite de toi y a vingt ans !

Nous y sommes.

— Oui, c'est la seule bien que j'ai trouvée.

Elle, son petit couteau à la main qu'elle enfonce bien profond dans la plaie : Et tu n'as pas mis ta date de naissance en plus !

— Ça va, je dois pas être la seule.

Garance peaufine la mise à mort : C'est vrai. Toutes celles que je connais qui sont nées avant

1965 n'inscrivent pas leur année de naissance sur Facebook, elles mettent seulement le jour et le mois. Pas con, elles veulent pas qu'on sache leur âge mais il faut qu'on pense à elles. En tout cas, elle est sublime ta photo... Heureusement que tous ces gens qui sont tes amis sur FB ne te connaissent pas en vrai.

— J'te remercie !

— Non mais imagine qu'un mec te branche, que vous vous donniez rendez-vous...

— C'est bon là, on dirait que je suis immonde.

— T'es juste un peu plus ridée, c'est tout, ça va c'est normal. Y a un vieux beau qui m'a demandé l'âge que j'avais... Il doit se méfier.

Moi, qui ai déjà repéré le garçon : Il s'appelle pas Philippe Clandin ?

Garance, un poil jalouse : Ah, il perd pas de temps le mec ! Il arrête pas de me brancher, visiblement il cherche à se caser.

Moi, contaminée par Internet : Et Copains d'avant, c'est sympa ?

— Ouais, mais là tu n'iras jamais.

— Pourquoi ?

— Impossible. C'est par ta date de naissance que tu dois rentrer.

— Évidemment...

RÉCAPITULONS

Vous l'aurez compris, je ne suis pas tout à fait guérie. Mes petites mises au point auprès de mes enfants et de ma voisine n'ont pas suffi à me désintoxiquer. Je suis toujours TROP VIEILLE.

Incroyable sentiment celui qui consiste à avoir peur du jugement que portent sur moi des étrangers, des personnes que je ne rencontrerai sans doute jamais.

JE HAIS L'ATTRACTION TERRESTRE

15 octobre. Voilà autre chose. Me sens trahie. Par mes bras et mes seins incapables de défier l'attraction terrestre. Dois prendre une décision : me débarrasser de tous mes débardeurs et ne porter que des pulls à manches longues ou muscler mes biceps... Concernant mes seins, songe sérieusement à porter un soutien-gorge même la nuit.

Liste des choses à faire :

— Donner à Camille tous mes débardeurs.

— Jeter ma salopette en jean achetée en 1989 et jamais portée depuis.

— Songer à acheter un tube de Préparation H.

Viens de recevoir ma facture de téléphone mobile : 210 euros. Vais encore avoir droit aux commentaires sarcastiques de François. Appelle aussitôt Garance (son Bluetooth est continuellement collé à son oreille) pour lui demander (entre autres) combien elle paye. Si c'est plus, suis sauvée. Je clouerai le bec à François. Ça sert aussi à ça les copines.

— Plus de 210 euros ? Tu me sauves, quand je vais le dire à François, ma facture va passer comme une lettre à la poste. Je t'appelle sur ton fixe, ce sera moins cher.

Elle, qui me connaît par cœur : Ouais, mais n'oublie pas TOI de m'appeler de TON fixe.

Moi, en pétard : C'est bon, je ne suis pas débile !

— Allô ? C'est vraiment mieux, en fait je t'entends parfaitement là. On se fait avoir avec les portables. Dire que je voulais supprimer mon abonnement France Telecom. Oui donc, je te disais, je n'ose plus sortir sans soutien-gorge. Je me sens à poil…

— Moi pareil.

— Mais toi tu peux, tu as des œufs au plat.

Garance, à peine offensée, elle adore ses seins d'ado à la Birkin : C'est pas le problème, maintenant quand je n'en porte pas, je me sens mal à l'aise.

Moi, paranoïaque : Je crois que c'est par peur de ne pas savoir pourquoi on me regarde, si c'est parce que c'est sexy ou parce qu'ils tombent.

Garance, philosophe : En même temps, il y a des tas de jeunes nanas dont les seins tombent et qui s'en fichent. Hélène Fillières dans *Un homme un vrai*… je n'en revenais pas !

— Oui, mais quand on dépasse les 45 ans, les mecs se disent qu'ils tombent parce que tu es vieille, pas parce que tu as des seins lourds. Merde, ça sonne. Les types de chez Darty… Je te rappelle.

11 h 30, rappelle Garance de mon portable

Garance, à peine étonnée : Alice, tu m'appelles de TON portable, là...

Moi idiote : Mince, j'te rappelle... Allô ? Et s'il n'y avait que les seins... Les bras. Tu vois mes bras ? Eh bien, ils pendent, tu y crois à ça ? Je n'ose plus porter de débardeurs, j'ai l'impression que tout le monde regarde mes bras. Je vais les donner à Camille...

— Tes bras ? Elle va pas être contente ta fille.

— Toi aussi, ça pend dessous ?

Garance, d'humeur moqueuse : Moins que toi, mais oui ça pendouille... C'est vraiment moche. Et j'en ai un peu assez de porter des gilets sur mes débardeurs pour cacher mes bras.

— À notre âge, on ne peut plus faire les moules au milieu du salon. Il faut qu'on se bouge, Garance...

— Je rêve d'avoir les bras de Madonna... Mais quand tu vois le boulot que ça représente, ça calme.

— Moi c'est Nicolette Sheridan qui m'impressionne. Elle est super bien foutue.

— On a qu'à s'inscrire à un club de gym, me suggère Garance contre toute attente.

— Toi, Garance, reine de la chaise longue, tu veux t'inscrire à un club de gym ? Un scoop ! Je vais immédiatement l'écrire sur Facebook.

— C'est bon ! À t'entendre, tu as gagné le 200 mètres nage libre devant Laure Manaudou. Et la natation ? C'est une bonne idée, si on s'y mettait ?

Moi, lasse des centaines de résolutions que nous prenons régulièrement toutes les deux : Tu te fous de moi, le tennis on a laissé tomber, la gym au bout de deux fois tu t'es fait une entorse, on n'y est plus jamais retournées, le Gymnase Club, je ne t'en parle pas, et l'autre jour, on est restées une heure à la piscine, à parler et à regarder les autres faire des longueurs. Non avec toi je ne fais plus rien. Je vais peut-être m'acheter des haltères…

— Moi des patchs qui musclent pendant qu'on dort grâce à des impulsions électriques. C'est confort. Il faut que j'aille chercher Julien à l'école, j'te rappelle.

12 h 30. Garance me rappelle de SON portable. Mais, contrairement à moi, elle n'a besoin de personne pour s'en rendre compte.

— Ouais je sais, j'te rappelle du fixe.

Moi, solennelle : J'ai pris une grande décision. Je crois que je vais enfin jeter ma salopette, je ne la porterai plus jamais, tu te souviens, celle en jean ?

— Ouais, je sais j'ai la même, on a même dû les acheter ensemble. Je viens enfin de la bazarder, j'ai dû la porter trois fois en vingt ans.

Moi, encore traumatisée par les remarques acides de ma mère : Tu crois qu'il faut vraiment s'habiller autrement quand on vieillit ? Ma mère m'a gonflée avec ça aussi…

— Laisse causer ta mère. Tant que tu te sens bien dans tes fringues, tu ne changes rien. Sinon tu vas te sentir déguisée. C'est comme pour les cheveux…

— Même le jean, elle est contre. Alors qu'en jean, quels que soient l'âge, le poids, la taille, tout le monde s'en fiche… Bon, il faut que je te laisse, je dois aller à la poste…

— À toute !

15 h 30, je rappelle Garance… Du fixe : victoire !

Moi, câblée sur le site Doctissimo : Juste un truc, tu savais que les mannequins mettaient de la Préparation H sur le contour des yeux ?

Garance, dégoûtée : La pommade contre les hémorroïdes ? Mais c'est dégueulasse !

— En tout cas, il paraît que ça estompe les cernes et les ridules, cette crème… C'est écrit sur Doctissimo.

— Tu crois ces conneries, toi ?

— Écoute, on peut essayer…

RÉCAPITULONS

Faites ce que je dis, pas ce que je fais…

Oui, surtout ne faites pas comme moi. Suis désespérément flemmarde et n'ai pas encore compris que l'activité physique est primordiale pour conserver la forme et une silhouette à peu près présentable. Encore deux ans et vais sans doute m'y coller. Power Plate, gymnastique, danse africaine, marche, n'importe quoi, tout pour faire fonctionner ses muscles, entretenir sa silhouette. Je suis sûre que pour la plupart, vous vous y êtes déjà mises… Je vous envie. Moi, Vacu Step, j'y suis allée six fois et j'ai arrêté ! Pourtant, ça marchait…

UNE CHANCE,
JE NE SUIS PAS KATE MOSS

17 octobre. Les placards des entreprises sont pleins de filles. Après Marie, moi, Claude, Fabienne, Sophie, c'est au tour de Brigitte de se retrouver suspendue à un cintre. Notre âge n'y est pour rien. Il faudrait être paranoïaque pour imaginer une chose pareille. Ou saoule ?

Liste des choses à faire :

— Demander à Camille de me rendre mes débardeurs, mes bras ne sont peut-être pas irrécupérables.

— Rappeler à François que ma facture de téléphone est moins chère que son inscription au golf.

— Devenir animatrice sur FIP. Là, je ne serai pas jugée sur mon look.

— Arrêter le vin blanc. Je stagne à moins trois kilos…

Ai rendez-vous avec Brigitte à L'Apparemment Café. Elle commande d'emblée un verre de chardonnay. Le vin des filles perdues. Ne devrais pas, mais je l'accompagne, solidaire. Les larmes roulent sur ses joues comme dans les films d'amour…

Son DG l'a débauchée l'an passé d'une agence de publicité concurrente. Il la portait aux nues, elle était la directrice de la communication idéale. Neuf mois plus tard, elle n'est plus dans l'air du temps. Pas assez représentative de la modernité qui doit régner dans l'agence. Pas assez jeune…

Moi, mi-cynique, mi-inquiète pour ma copine : Décidément, je vois que notre société progresse à grands pas. Dis-moi, tu vas faire quoi ?

Elle, dépitée : Je ne sais pas… Ils me proposent de m'occuper de la communication interne.

— Oui, évidemment, là tu es moins voyante. Tu ne leur as pas demandé de te payer un lifting ? Eh oui, ça devrait faire partie des frais fixes d'une boîte maintenant…

Sourire mouillé de Brigitte qui attaque comme moi sa deuxième coupette de vin blanc.

— J'ai parlé à un copain chasseur de têtes, il m'a carrément conseillé de me rajeunir de sept ans sur mon CV, sinon pour trouver un job, c'est même pas en rêve.

— Sept ans ! Il y va pas avec un gros fusil à pompe ton chasseur ?

— J'ai quand même 53 ans, s'excuse-t-elle presque.

Moi, aussi remontée que Garance lorsqu'elle m'a repêchée après le coup de Dennis Quaid : Mais c'est dingue, tu ne vas pas te sentir coupable quand même ! Tu vois pas que ces mecs font payer aux nanas d'avoir le droit de travailler, qu'ils se sentent menacés, et que c'est la seule manière qu'ils ont trouvée de montrer leur putain de puissance !

— Tu crois ?

Moi, comme si je militais pour les droits de la femme, légèrement éméchée : J'en suis sûre. C'est maladif. Nous pouvons enfanter, pas eux. Maintenant on peut bosser, être aux manettes comme eux, on est plus psychologues qu'eux et eux ne peuvent toujours pas enfanter. Ça les rend fous.

— La fille avec laquelle je fais mon bilan de compétences m'a dit qu'à partir de 40, 42 ans, les entreprises estiment que tu es limite viable.

Moi, toujours à fond après deux verres : Je vais conseiller à Camille de faire du droit. Les avocats spécialisés en droit du travail ne vont pas chômer dans les années à venir. En fait, au boulot, les femmes sont tranquilles entre 30 et 40 ans. Avant tu es trop jeune, après trop vieille... Et encore, comme les femmes décident de faire des enfants vers 30 ans, elles sont de toute façon coincées. Retrouver du boulot, je sais pas comment tu vas faire. Moi à ta place, je chercherais tout de suite..., dis-je en tapant sur la table, beurrée comme un Petit Lu.

— Tu viens de me dire que plus jamais je n'aurai de boulot et tu me parles de trouver autre chose...

— Oui, autre chose... Je ne sais pas, moi... Tu faisais bien de la danse classique autrefois ?

— Euh oui, répond Brigitte, imbibée elle aussi, tu veux que je retourne au Crazy Horse ?

— Non, mais tu pourrais être prof de danse. Tiens, voilà, t'as déjà deux clientes, Garance et moi on a décidé de faire du sport...

Elle, aussi saoule mais encore capable de réfléchir et donc forcément sceptique : De la danse classique ? Toutes les deux ?

Moi, redemandant un verre de chardonnay au serveur : Et Camille aussi, et puis Delphine, Sonia... Voilà, on est déjà cinq... Mais tu me promets, tu arrêtes de pleurer. Tu as vu un médecin ?

— Oui, il m'a donné de l'Euphytose pour me détendre...

— De l'Euphytose ? Mais c'est du Tranxène qu'il te faut !

Elle, qui a compris que j'étais cuite : Et toi, tu deviens quoi ?

— Moi, j'essaye de comprendre pourquoi tout ça m'est tombé sur la tête. Je peins, j'écris... Je me repose la tête... Avec la crise, l'ambiance ne risque pas de s'arranger... Je crois que je vais me lancer dans Internet...

— Tu crois ? Là ce sont carrément des gosses qu'ils embauchent !

— Mais je suis jeune, Brigitte, je suis jeune... Et on va s'en sortir. Puis, brusquement plus lucide du tout, je me penche vers elle, m'affale et lui prends la main : Enfin, eh, on peut s'estimer heureuses, écoute ça, j'ai lu dans *Public* que Kate Moss est trop vieille, c'est pas monstrueux, ça... À 34 ans !

— J'espère qu'elle ne lit pas les journaux...

— Ouais, parce qu'il y a de quoi devenir alcoolique !

RÉCAPITULONS

Oui, je sais, je n'aurais pas dû me saouler… Mais à force de suivre ce régime qui m'interdit à peu près tout sauf l'eau, je n'ai pas pu résister. Maintenant je suis sobre. C'est le principal, et je peux vous dire que pour rester dans le monde du travail aujourd'hui, il faut.

Être jeune tout en étant expérimentée et avisée.

Ne pas avoir d'enfants ou faire comme s'ils n'existaient pas. Être disponible, adaptable, corvéable à merci, tout en sachant dire non quand il faut.

Être aussi bien créative que commerciale.

Parler trois langues, dont le chinois.

Être humble tout en s'affirmant.

Être sociable, sans être familière.

Être drôle sans excès.

Admirer ses chefs avec retenue.

Dire du bien de tous ses collègues sans en avoir l'air.

En imposer sans le faire sentir.

Et surtout avoir 35 ans pendant au moins quinze ans.

Ben oui, c'est moche une femme de 53 ans avec autant de cordes à son arc…

LE TEST DU MÉTRO

19 octobre, 8 h 30. Au programme, trajet en métro pour rejoindre Garance dans Paris. Dois absolument vérifier une petite chose.

Liste des choses à faire :
— Appeler Maryna pour lui dire que ses injections, ça marche !
— Ne plus boire de chardonnay, il paraît que j'ai dit un tas de sottises…

Garance m'a dit : « Le jour où quelqu'un te cède son siège dans le métro alors que tu n'es ni enceinte, ni aveugle, tu sauras que tu es réellement trop vieille. »

Ni une ni deux, je décide de faire le test aujourd'hui même. Afin qu'il soit concluant, quitte volontairement la maison à 8 h 15 pour être certaine d'arriver à Saint-Lazare vers 8 h 45, heure de transhumance maximale.

Dix minutes de queue pour prendre mon ticket (je ne comprends rien aux nouvelles machines), puis 2 kilomètres de tunnels à toute allure, jusqu'au quai direction Nation. Arrive en nage, essoufflée. Comme prévu dans mon plan.

Noir de monde. Me faufile dans la foule. Ai juste le temps d'apercevoir sur le quai d'en face la pub Capture totale de Dior anti-âge qui corrige intensément tous les signes visibles du temps. Ricane intérieurement.

Le wagon arrive, suis propulsée à l'intérieur par et avec mes compagnons de route. Et là, plus une place pour s'asseoir. Parfait.

Même pas besoin de simuler l'air de la fille fatiguée. Je le suis.

Cherche des yeux une place comme si ma vie en dépendait. Personne ne bouge.

Dérange tous mes voisins pour avancer vers une autre rangée de sièges, refais le coup de la dame qui doit s'asseoir absolument.

Note bien quelques regards compatissants, mais pas un geste.

Une femme enceinte, la trentaine, passe devant moi, cambre les reins, jette son ventre en avant : trois paires de fesses se lèvent d'un même élan. Pense bien fort à Garance. Sa perspicacité...

La future maman s'installe, reconnaissante.

Tente alors un misérable « Je peux ? » à l'un des deux messieurs qui se sont levés. Ce dernier hausse les épaules, me lance un regard torve, se rassoit l'air de rien. Je jubile intérieurement.

Dix stations plus tard, suis arrivée.

Malgré mon manège recommencé dix fois, personne n'a cédé. J'en sauterais de joie.

Sors à l'air libre. Aperçois Garance, lui fais un signe, la rejoins en courant, la soulève dans mes bras, l'embrasse, la redépose tel un Colissimo sur le comptoir de la poste :

— Tu te rends compte, personne n'a voulu me laisser sa place. PERSONNE ! Tu avais raison…

— Ah ouais ? répond-elle, encore secouée par ce débordement d'émotion.

— Oui ! ! ! Je te jure, c'était grand. Puis j'énumère : Je leur ai tout fait. L'air accablé. La mine grave. Le regard morne. L'œil quémandeur. Le sourcil réprobateur. Rien. L'indifférence générale. C'est génial !

— T'es sûre que tu n'en as pas fait un peu trop ? Ils ont peut-être cru à une caméra invisible…

— En tout cas, merci ma poule, vraiment je me sens mieux, et toi ?

— Ben moi, un vieux monsieur vachement sympa s'est tout de suite poussé pour me faire une petite place alors que je ne lui avais rien demandé…

— Oh, ma pauvre… Quelle horreur !

RÉCAPITULONS

La méthode est risquée. Dans un bon jour, vous pouvez être ravie comme moi aujourd'hui. Mais un jour sans, vous pesterez contre l'indifférence généralisée. On est comme ça nous, les filles. On interprète les réactions en fonction de ce qui nous arrange… sur le moment.

LE TEST DU DÉCOLLETÉ PLONGEANT

21 octobre. Depuis combien de temps un homme ne m'a-t-il pas sifflée dans la rue ? lancé une petite phrase déplacée ? une œillade concupiscente ?

Liste des choses à faire :

— Suggérer subtilement à François une nouvelle vie dans le Sud.

— Déjeuner tous les jours dans des restos italiens, portugais, espagnols, marocains... Pour les kilos, j'aviserai.

— Porter systématiquement sous mes gros pulls des décolletés plongeants.

C'est un comble, moi qui détestais me faire siffler par des ouvriers à l'heure de la pause sandwich, ou me faire reluquer lors d'un cocktail des pieds à la tête par des types que je jugeais alors comme des pervers, j'en viens à regretter ces signes qui me disaient combien j'étais jeune et sexuellement envisageable d'un point de vue masculin.

Je finis par bâtir une théorie toute personnelle sur ce changement d'attitude que j'expose à

Garance devant un verre d'eau (ma soirée au chardonnay m'a calmée), dans un italien place de Mexico.

Car pour moi, la réponse à cette absence de désir dans les yeux masculins est météorologique. J'ai beau voter vert, le réchauffement climatique joue en faveur des vieilles… Notre développement durable à nous en dépend.

Je lance, comme si je venais de mettre le mot fin à un article sur le sujet :

— C'est l'Île-de-France, ça. Les hommes deviennent totalement insensibles à nos charmes…

— L'Île-de-France… En Seine-Maritime, c'est mieux, tu crois ? me charrie Garance.

— Ah non, c'est pire. Toutes les villes sur la côte atlantique et la Manche sont également sinistrées. Trop de pluie, une température constamment en deçà des normales saisonnières… Une cata.

— Tu as pris quoi aujourd'hui ?

— Écoute-moi, arrête de me couper. On se caille trop. On met des cols roulés. Résultat, pas un mec ne nous regarde.

— T'as raison.

— Je sais j'ai raison, notre météo est tellement mauvaise que même les marques de textile ont dû changer de stratégie… À ton avis, quelle matière marche à fond ? Allez, vas-y.

Elle, prise de court : Euh, le coton… comme toujours, non ?

— Garance, fais un effort. Ça, c'est un basique. Je te parle d'une vraie tendance…

— Le lin, le lin marche vachement bien… Et la soie.

210

— Tu n'y es pas du tout... C'est le cachemire qui cartonne, même l'été !

— C'est vrai, tout le monde en porte. Bon, d'accord, et alors ta solution, c'est quoi ?

— C'est qu'il faut déménager dans le Sud !

— Super, donc à partir de 40 ans, on quitte Paris, Nantes, Le Havre pour aller vivre sur la Côte d'Azur...

— Exactement, cet été je me promenais à Grasse, eh bien les mecs n'arrêtaient pas de me mater. Camille m'en a même fait la remarque, c'était la première fois qu'elle voyait sa mère se faire draguer...

— Alice, tu es trop forte, je viens de comprendre pourquoi tous les vieux vont dans le Sud. C'est juste parce que les mecs veulent se rincer l'œil, et les vieilles qu'on les mate... Putaing, tout s'éclaire !

— Exact !

— Et si tu n'as pas les moyens d'aller vivre dans le Sud, tu fais comment ?

Je la regarde droit dans les yeux et tends mes bras pour lui montrer la salle du restaurant :

— Tu viens ici. C'est simple, Garance, regarde-moi faire.

J'enlève alors mon pull noir ras du cou, remets mes cheveux en ordre et redresse bien les épaules sous une tunique dont le décolleté – c'est le moins qu'on puisse dire – bâille.

— Voilà, maintenant il n'y a plus qu'à attendre...

Garance, éberluée : Mais tu es à poil, là...

Sans l'écouter : Ici, c'est l'Italie, regarde autour de toi et observe bien le serveur.

Le monsieur arrive, nous demande si nous avons choisi. Garance commande la première, puis c'est mon tour. Secoue mes cheveux deux, trois fois, lui demande quelle est la différence entre les antipasti et les légumes servis avec le dos de bar et ça ne loupe pas. Les yeux du type font des allers-retours en TGV entre mes seins et mes yeux.

— Eh bien, un melon sans jambon de Parme alors. Merci. Puis, à Garance qui me regarde bouche ouverte : Alors ?

— Pas de doute, il était tout chose, le garçon. Quelle chaudasse tu fais quand tu t'y mets. C'est tellement pas ton truc, j'en reviens pas... Mais ça devrait marcher ailleurs, non ?

— Tu plaisantes ? Va à La Cantine du Faubourg ou à la Maison Blanche... Tu peux arriver à poil avec juste ton iPhone à la main, personne ne lève un œil... Tous des pisse-froid.

RÉCAPITULONS

Alors qu'à Paris j'ai l'impression d'être une nature morte accrochée dans un musée poussiéreux que personne ne visite plus, dès que je suis en Avignon, à Montpellier, je redeviens vivante... Je ne suis pas la seule à constater cette tendance lourde.

Un petit sondage réalisé auprès de toutes mes copines 45+ confirme l'augmentation sensible des regards et des petites phrases salaces de la part des mâles vivant au soleil. Ils nous regardent avec cette étincelle particulière qui nous donne le sentiment d'être sexy. Bref, direction le Sud !

En revanche, tenez vos hommes. Eux aussi s'habituent très bien au Sud...

CE N'ÉTAIT QUE ÇA ?

28 octobre. Constate que je ne me sens plus « trop vieille ». Serait-ce parce que je prends systématiquement les devants en disant à qui veut l'entendre que « je suis une vieille » ? Cette « coquetterie » toute nouvelle pour moi déclenche automatiquement chez mon interlocuteur un « Arrête, t'as l'air d'une gamine » ou alors un fraternel « Bienvenue au club »… Simple question de point de vue, d'angle d'attaque. Ai fait de l'âge un allié, et non plus un ennemi. Mais comment est-ce arrivé ?

Liste des choses à faire :
— Ajouter ma date de naissance sur mon CV afin de dissiper tout malentendu avec d'éventuels employeurs.
— Plancher sérieusement sur cette idée de site, « lestropvieilles.com ».
— Finir le livre sur tout ce qui m'est arrivé depuis deux mois.

C'est le jour où j'ai reçu un coup de téléphone d'un groupe de médias qui cherchait une rédactrice en chef pour son site Internet que tout a basculé. Je ne sais pas ce qui m'a pris. Alors que la fille m'explique que son entreprise recherche une journaliste expérimentée pour faire évoluer son site, je lui coupe la parole, sans réfléchir :

— Avant que vous ne poursuiviez, je tiens à vous dire que je suis une vieille dans le métier…

La demoiselle, aux anges : Justement, c'est ça qui nous intéresse.

N'en reviens pas : Dans ce cas…

Et la jeune femme de poursuivre : C'est un chasseur de têtes que vous avez croisé il y a six mois qui nous a donné votre nom. Votre expertise, votre parcours nous paraissent correspondre à nos besoins… Pourrions-nous vous rencontrer ?

— Une minute, je prends mon agenda. Suis un peu surbookée en ce moment (il faut toujours être surbookée). Voilà…

Elle, visiblement très pressée, me propose le vendredi suivant… Je regarde la page « Friday » de mon très british Mulburry vierge de tout rendez-vous professionnel depuis un mois et lui réponds, une petite idée derrière la tête, que vendredi c'est impossible. Elle me propose le mercredi d'après, j'accepte, la salue et raccroche.

YES, YES, YES ! ! !

J'appelle aussitôt Maryna, ma nouvelle alliée contre le temps :

— Il faut absolument que je te voie cette semaine. Un rendez-vous boulot… dans quinze jours…

Elle, solidaire et ravie : Tu peux passer demain à 15 heures ?

Moi, littéralement projetée en haut de l'affiche : Pas de problème.

216

— On va les bluffer, tu vas voir…

Je déguste ce « ON » avec délice. J'adore cette nouvelle complicité entre femmes…

Oui, parce que depuis peu, le « on », ou le « nous », a peu à peu remplacé le « je » solitaire que j'avais coutume d'utiliser comme si j'étais la seule à avoir peur de m'éloigner de la Côte Jeune.

Le soir, derrière le bar où je viens de servir des croque-monsieur à ces messieurs dames, tandis que j'avale des poireaux vapeur, je submerge François et les enfants d'un flot ininterrompu de bonnes nouvelles :

— Tu te rends compte, j'ai dit à la nana que j'étais une vieille, et ça ne lui a fait ni chaud ni froid, au contraire… J'avais le sentiment d'être… providentielle…

François, prudent : Oui, enfin, ce n'est pas encore fait.

— Mais on s'en fout, que ça marche ou pas, ce n'est pas ça le problème.

— C'est quoi alors ?

— Je n'ai plus peur…

Camille, très pédago : Papa, tu sais, c'est comme moi. J'ai peur de passer du côté des adultes… Maman c'est pareil mais maintenant qu'elle est passée de l'autre côté du pont, ça va mieux…

Ethan, qui en oublie les pincettes de rigueur à la maison depuis quelque temps : Ouais, elle est vieille mais maintenant c'est bon, elle veut bien…

Moi, méfiante depuis le coup qu'Ethan m'a fait devant ses profs : Oui, enfin, c'est pas encore tout à fait ça… Je peux dire que je suis une vieille, mais vous, pas question, sinon je vous étrangle…

RÉCAPITULONS

Je ne sais pas vous, mais moi je vais boire une coupette de champagne et trinquer à nous toutes… Parce que mon petit doigt me dit qu'on n'est pas sorties de l'auberge…

9671

Composition
FACOMPO

Achevé d'imprimer en Slovaquie
par Novoprint SLK
le 16 novembre 2011.

1er dépôt légal dans la collection : août 2011.
EAN 9782290032114

ÉDITIONS J'AI LU
87, quai Panhard-et-Levassor, 75013 Paris

Diffusion France et étranger : Flammarion